L'EMPRISE

DU MÊME AUTEUR

L'INACHEVÉE, *roman*, Grasset, 2008.

.

SARAH CHICHE

L'EMPRISE

roman

BERNARD GRASSET

PARIS

ISBN 978-2-246-769118

« Les gens devraient toujours réfléchir, avant de se rendre à une invitation au royaume de Nulle Part. »

Nathaniel Hawthorne,
Le Hall de l'imagination.

Au chien.

I

Le pacte

Le ciel était sale, le jour où je me suis rendue pour la première fois chez Victor Grandier.

Elle venait de mourir. Il m'avait quittée. On me méprisait.

La voiture m'a crachée sur un trottoir.

Une cloche a tinté.

J'ai monté des marches, l'œil sec et le cœur cassé.

J'allais sur mes vingt-six ans. J'avais tout. Je n'étais rien.

★

La porte s'ouvrit. D'une chemisette boutonnée jusqu'au cou sortait une grosse tête, piquée de touffes de crin crépu, où surnageaient deux yeux liquides et bridés. Un sourire dégoulina d'une bouche rose.

Elle bégaya son nom mais Victor Grandier ne lui répondit pas ni ne lui serra la main. Il tourna les talons sans dire un mot. Elle hésita. Il s'arrêta au milieu du couloir. Elle vit son reflet dans la pointe lustrée de ses chaussures. Elle le suivit. Un mécanisme referma automatiquement la porte derrière elle. Il pressa le pas.

Il la guida jusqu'à son bureau. La pièce était haute. Les murs dépouillés, blancs et lisses. Une table, deux chaises, une banquette surmontée d'un crucifix en bois flottaient sur une moquette dans laquelle on s'enfonçait à chaque pas. Elle prit place face à lui et attendit un mot de sa part qui ne vint pas. Elle ne savait que faire de ses mains. Elle les mit dans ses poches, les passa dans ses cheveux, les posa sur ses genoux. Dix minutes plus tard, un ticket de métro gisait en confettis sur le bureau et elle n'avait plus d'ongle à son pouce.

Visage fermé, prunelles fixes, Victor Grandier observa le tas de papier. Elle bredouilla :

— Je viens de la part de mes parents, qui sont des amis de votre ami, L.

Il leva la tête. Ses yeux n'étaient plus que deux fentes bleues. Il était si vieux et si vilain qu'elle fit une grimace de dégoût. Il la regarda comme elle n'avait jamais vu personne le faire.

Comme si elle était importante. Comme si elle était unique. Comme si elle était quelqu'un.

Elle balaya la pièce blanche de ses yeux, s'arrêta un instant sur les ouvrages pieux perdus sur une étagère, racla sa gorge, se recroquevilla sur sa chaise, prit une respiration profonde et tenta de conter ses infortunes : elle l'avait rencontré à un dîner ; elle s'y ennuyait avec son mari ; O. était venu sans sa femme ; ils s'aimèrent ; ils s'aimaient ; on les vit sortant de l'hôtel ; cela se sut.

Son menton tremblait. Elle rongea la peau morte autour de ses doigts et courba la tête. Elle tenta d'expliquer. Son mari. Son amant. L'épouse. Les commérages. Le scandale. Leur rupture. Son divorce à elle. Le rejet de sa famille. Le chômage. L'énorme héritage.

Pendant qu'elle parlait, Victor Grandier notait chacune de ses phrases.

Elle se tut.

Il les relut.

Elle l'observa repasser d'un doigt parfaitement manucuré sur le fracas de paroles maladroites qu'elle venait de jeter dans la pièce. Lui trouva soudain le front majestueux, le nez puissant, la face grasse et lourde comme dans ces portraits de cour où la noblesse, l'orgueil et le prestige le disputent à la laideur. Lui sourit. Et, doucement, elle s'habitua à son visage comme nos yeux s'habituent peu à peu à la nuit.

L'heure avait passé. Il restait obstinément muet.

Son embarras monta en même temps que sa détresse. Elle lui lança :

— Bon, vous savez, moi, je ne sais pas pourquoi je suis là.

Il inclina la tête.

Elle répéta, plus fort :

— Je ne sais pas pourquoi je suis là.

A nouveau, elle regarda autour d'elle, puis par la seule fenêtre qui éclairait le bureau. Dehors, le monde était vide et sans couleurs.

— Je ne sais pas pourquoi je suis là. Dans cette pièce. Dans ce corps. Dans la vie.

Victor Grandier ouvrit grand ses bras et, sans dire un mot, l'invita à poursuivre son récit. Elle chuchota encore, la tête basse, et la nuit de mai engloutit ses secrets.

Le soir était fort avancé. Elle avait mal au crâne et la bouche sèche. Elle réclama un verre d'eau – en vain. Victor Grandier alluma sa lampe de bureau. Il frotta la bosse de son dos, s'enveloppa dans une couverture rouge dont les plis se confondirent avec ceux de sa peau, effleura de ses doigts le papier blanc et caressa la plume d'or de son stylo. Autour de lui, la lumière faisait un halo. Son front semblait frappé des rayons d'un soleil qui n'était qu'à lui.

Quand elle finit par lui demander :

— Il paraît que vous pouvez m'aider ?

Victor Grandier sourit de toutes ses dents, les ailes de son nez frémirent, et il creva le silence :

— Vous êtes bien mal en point et vous ne vous en rendez pas même compte. Votre cas est grave. Mais je peux y remédier.

Il déplia un buvard. Soupira. Egoutta la pointe de son stylo. Replia le carré de papier avec une lenteur prodigieuse. Puis, il parla encore et, doucement, il la mit au pas de sa langue.

Elle essaya de se concentrer. Ce n'était pas

facile. Victor Grandier gardait les mots longtemps entre ses lèvres. Il articulait si lente-
ment qu'il fallait attendre la fin de chacune de
ses phrases pour la recomposer mentalement
afin d'en saisir le sens. Elle ne comprenait pas
tout ce qu'il disait mais fit mine de l'approu-
ver, pour cacher l'étendue de son ignorance.
Car il avait une voix. Une voix merveilleuse,
profonde, veloutée, et des mots qui faisaient
oublier la dureté du monde.

Il se disait de haute lignée et de sang mêlé.
Il avait fait de fabuleux voyages, cheminé
dans les steppes mongoles, parcouru les îles
africaines et arpenté les campagnes chinoises.
Il avait la science des astres et parlait des
dialectes rares. Il revendiquait trente ans de
pratique et des patients venus du monde
entier. Il avait soigné des personnes en grave
dépression, permis à des couples en crise de
se réconcilier, sauvé plusieurs adolescents du
suicide, des femmes de l'alcoolisme et tiré
d'affaire des toxicomanes. Il n'avait jamais
songé à publier ses travaux. Ni la renommée
ni la gloire ne l'intéressaient. Il cultivait la soli-
tude. Seul l'animait l'amour de son prochain.
Il avait, lui dit-il, la clé pour lui permettre de
guérir rapidement de toutes ses souffrances et

la rendre heureuse. Une méthode révolution-
naire. Une thérapie d'avant-garde, efficace et
infaillible. Et il ajouta :

— Vous souffrez aujourd'hui de ce qui vous
a fait mal hier.

— Comment ça ?

— La plupart des traumatismes d'un indi-
vidu remontent à sa petite enfance. La clé de
vos angoisses se trouve dans votre passé. C'est
donc là qu'il vous faut chercher l'origine de
vos malheurs.

Elle secoua la tête et lui dit qu'elle ne souffrait pas. Elle ne ressentait rien. Mais il lui
répondit :

— Justement, cela signe la profondeur et
l'enkystement de vos traumatismes dans votre
mémoire cellulaire. Vous ne vous souvenez de
rien. Votre corps, lui, se souvient.

Le front alourdi de fatigue, elle buvait ses
paroles, inquiète.

Il la regarda avec beaucoup de compassion
et lui dit :

— Moi, en trois semaines de session inten-
sive, je peux vous apprendre à retrouver votre
vrai potentiel.

Il lui expliqua comment se déroulait une séance de thérapie. Il lui suffirait de s'allonger sur la banquette, de bien respirer et de concentrer ses pensées sur un sentiment pénible — l'angoisse, la haine, la peur, le dégoût… — pour découvrir dans quelle circonstance elle l'avait ressenti pour la première fois : revivre la scène du traumatisme au plus profond de sa chair lui permettrait de s'en libérer.

Chaque séance durerait plusieurs heures. Le temps de « nettoyer » (c'est ainsi qu'il le lui dit) complètement un traumatisme, pour lui procurer un bienfait immédiat et durable.

— Nettoyer ? répéta-t-elle à mi-voix en regardant ses mains. Mais, comment ça marche ?

— Je vous guiderai, pas à pas. Je suis là pour vous.

— Là pour moi ?

Personne n'avait jamais été là pour elle.

Il était si aimable et avait tant d'esprit, qu'elle eut envie de le croire. Il savait tout. Avec lui, tout semblait possible.

Victor Grandier sortit d'un tiroir un document détaillant de façon précise les règles de la thérapie. Elle le parcourut attentivement.

Durant toute la durée de la session le patient devait :

S'extraire de son environnement habituel,

laisser la télévision éteinte,

éviter de lire,

ne pas chercher à rentrer en contact avec sa famille, ses proches, ses amis et, d'une façon générale, ne pas se servir du téléphone autrement que pour communiquer avec Victor Grandier,

ne pas manger ni boire après minuit,

dormir aussi peu que possible la nuit pour garder un état de veille propice à la résurgence des souvenirs.

Après chaque séance, il fallait :

Faire un compte rendu détaillé de ce qui s'y était dit et des nouveaux souvenirs qui avaient émergé,

photocopier ses écrits afin de garder une trace de ses progrès,

déposer les originaux dans une enveloppe sous la porte de la cuisine de Victor Grandier, en passant par l'entrée de service.

Le patient pourrait ensuite s'accorder quelques heures de repos avant de se préparer à la séance du lendemain.

Le procédé était saugrenu mais intrigant. Se soustraire du monde pour quelques semaines ? La chose n'était pas compliquée. Elle vivait seule et ne recevait pas. Peut-être que nul ne s'apercevrait de son absence.

Les yeux dans le vague, elle dit :

— Conformément à vos indications, on m'a trouvé une chambre dans un petit hôtel.

— Comment est l'endroit ?

Elle rit tristement.

— Comme vous l'avez indiqué. C'est très sommaire. Il n'y a rien dans cette chambre, à part un lit en fer-blanc.

— C'est exactement ce qu'il vous faut. Un lieu monacal et isolé, pour ne pas vous détourner de vous-même et vous polluer l'esprit.

Elle baissa la tête.

— C'est égal. On m'a bannie. C'est bien comme ça qu'on dit, non ? Bannie... Alors, je n'ai de toute façon pas d'autre endroit où aller.

Des aboiements de chien retentirent dans la rue. Victor Grandier la prit dans son regard et lui dit :

— Je vous lirai la nuit. La nuit est propice à ce genre de choses.

— Vous ne dormez donc pas ?

Elle gloussa bêtement. Il était tout à fait fascinant.

Il lui dit alors, d'un ton solennel :

— Bon, vous savez que tout ça a un prix. A méthode exceptionnelle, prix exceptionnel.

Elle ne répondit pas. Il ne doutait de rien.

Il passa sa langue sur ses lèvres. Et reprit, d'une voix douce :

— Mais oui ! Vous recevoir en priorité, me consacrer entièrement à votre personne vingt-quatre heures sur vingt-quatre pendant trois semaines, tout cela me coûte. Je prends donc quatre-vingts euros par quart d'heure. Soit trois cent vingt euros par heure. Etes-vous en mesure de…

— Je sais. On m'a parlé de vos tarifs. Trente mille euros pour trois semaines. Le mari de ma mère dit que vous êtes cher comme tout ce qui est rare et bon.

Victor Grandier inclina la tête.

— C'est cher, j'en conviens. Trente mille euros, c'est de l'argent. Beaucoup d'argent. Mais, si vous faites le décompte, c'est peu pour vous offrir une nouvelle vie. Et puis, vous venez d'hériter de…

Prise d'une quinte de toux, elle se ratatina dans son fauteuil.

— Oui, moi qui avant n'avais pas un sou. C'est fou tout cet argent, comme ça, tout d'un coup.

— Eh bien, c'est largement de quoi payer votre thérapie ! Et vous verrez, je vous le prédis : un jour le fruit de vos efforts sera récompensé.

Victor Grandier lui dit que tout l'argent qu'elle investirait dans ces séances lui reviendrait. Elle se transformerait. Trouverait du travail. S'élèverait dans la société. Elle ne se voyait pas. Elle était pleine de qualités. Il fallait simplement l'aider à reprendre confiance en elle. Un jour, on la respecterait. On finirait par reconnaître son talent et ses capacités.

Elle l'écouta d'une oreille en comptant les plis de sa nuque épaisse. Il attrapa une feuille de papier et se livra à un savant calcul pour prouver ses dires. Piètre gestionnaire, quand elle recevait un papier de la banque, elle le posait négligemment dans un coin ou le jetait. Ce tourbillon de chiffres lui donna la migraine. Elle se contenta donc de lui demander :

— Mais comment font vos patients qui n'ont pas d'argent ?

— Ils demandent un prêt. Quand vous voulez une nouvelle auto pour mieux rouler parce que le moteur de l'ancienne est cassé, vous empruntez de l'argent, non ? Eh bien là, c'est pareil. Moi, j'ai des patients de toutes conditions sociales, de l'apprenti au chef d'entreprise. Car tous ces gens qui viennent à moi savent que je leur offre l'occasion unique de transformer leur vie.

Il se tut un instant. Puis il lui dit, très bas, sur le ton de la confidence :

— Vous-même, n'avez-vous jamais eu envie d'enfin tout connaître, de tout comprendre, de tout savoir ?

Bouche bée, elle ouvrit des yeux ébahis. Les pupilles de Victor Grandier scintillaient pareilles à celles d'un crotale. Transformer sa vie ? D'accord. Pourquoi ne pas essayer. Elle n'avait de toute façon rien d'autre à faire de ses journées.

Le thérapeute lui sourit, vibrant d'enthousiasme. Il l'attendrait donc, chaque matin, à huit heures. Puisqu'elle était prête à suivre sa méthode en son âme et conscience, il ne lui restait plus qu'à signer le protocole qu'elle venait de lire. Elle relut le document, en se donnant un air sérieux, comme elle l'avait vu faire dans des films, puis apposa sa signature au bas de la feuille.

La cloche d'une église tinta dans le lointain.

— La cloche sonne fort.

— Oui, lui répondit Victor Grandier en rangeant le contrat dans le tiroir de son bureau. Je crois que l'on vient d'enterrer quelqu'un.

Il la congratula chaleureusement.

— Vous allez vous perfectionner sur le plan moral et, je vous le répète, l'argent que vous investissez avec moi vous reviendra, un jour.

Elle haussa les épaules.

— Oh, vous savez, c'est sans importance, l'argent n'a pas d'importance. Je paierai.

Victor Grandier souriait toujours, lorsqu'il la raccompagna sur le palier, et lui glissa, d'une voix sucrée, juste avant de refermer la porte :

— De toute façon, dans la vie, il faut payer.

C'était le 8 mai 2002.

★

Le lendemain, elle fit des cartons. Tria des papiers. Vida un appartement. But du café. Deux hommes vinrent. Ils lui serrèrent la main. La félicitèrent. Elle eut envie de les tuer.

Elle parapha quelques feuilles encore. But quatre autres cafés. Ensevelit les cendriers dans les cigarettes.

Ils avaient enlevé le lit. A la place, il n'y avait plus qu'un trou affreux et les perles d'un collier cassé. Assise sur un canapé empaqueté, la bouche pincée, elle essaya de le réparer, et la revit soudain, brodant des branchages roses sur un mouchoir, assise sur ce même canapé, lui répéter de sa voix pointue :

— Les cerisiers japonais, nous irons un jour les voir ensemble. Veux-tu ?

Son sourire.
Leur dispute.
Sa mort.

Elle se leva, jeta l'eau des fleurs, mit les roses à la poubelle et regarda, posés sur un fauteuil, les manteaux de fourrure dont, petite, elle faisait les poches.

Elle souleva les draps blancs recouvrant les meubles d'ébène et de palissandre, passa sa main dans les tiroirs vidés de leurs trésors et renifla l'intérieur des soupières en argent.

Elle colla son front contre la baie vitrée, cogna trois petits coups avec sa tête, souffla sur les carreaux, dessina d'un doigt un château, un arbre et un chemin, ouvrit la fenêtre.

Elle attendit. Et attendit encore. Mais sa grand-mère ne vint pas la gronder d'avoir encore sali ses carreaux.

Le soir tomba. Du balcon, elle devina la liberté qui soudain, avec cet argent, s'ouvrait à elle et le bruit mat que pourrait faire son corps en s'écrasant sur le sol, quand une voix héla :

— Madame, et celui-ci ?

Elle ne bougeait pas.

— Madame, insista le déménageur, pardon de vous déranger mais... et ça, on le met aussi au garde-meuble ?

Brusquement, elle se rend compte que c'est bien elle qu'on appelle, rajuste sa veste noire et range les perles dans sa poche.

On lui tendit un cadre en bois doré. C'était une grande photo qu'elle n'avait jamais vue. C'était sa mère. Mais une mère qu'elle ne connaissait pas, douce, à peine arrachée à l'adolescence, sous une voûte de branches d'oranger, en robe ample, une main sur le ventre, les cheveux piqués de fleurs.

Ce regard. Cet éclat de joie pure que même petite elle n'avait jamais vu dans ses yeux. Qui avait pris cette photo ? A quoi rêvait sa mère ?

Elle ferma la fenêtre.

★

Le 20 mai 2002, elle franchit à nouveau le seuil de la porte de Victor Grandier. Il était soucieux. S'était-elle organisée pour faire le vide autour d'elle ? Elle sourit. Il ne lui avait guère été difficile de respecter ses indications à la lettre. Il s'inclina respectueusement, l'entraîna à sa suite dans le couloir, l'invita d'un geste poli à rentrer la première dans son bureau.

— Bien, fit-il, je vous sens déterminée à cheminer dans l'axe de la Vérité. Vous pouvez donc vous déshabiller et vous installer sur la banquette. Nous allons commencer notre première séance.

Elle hoqueta. Elle avait sûrement mal entendu. Ses sens lui jouaient des tours, c'est certain. Hébétée, au milieu de la pièce, la main appuyée sur le dossier d'une chaise, elle tenta de rassembler ses esprits. Victor Grandier paraissait aussi surpris qu'elle.

— Je vous l'ai dit lors de notre premier entretien : pour revisiter le cours de votre histoire, il vous faut vous mettre nue, comme au jour de votre naissance, afin de retrouver cet état d'innocence dans lequel nous sommes quand nous venons au monde.

Ce détail lui avait échappé. L'avait-il dit? Elle ne s'en souvenait pas.

— Nue?

— Nue. C'est-à-dire ignorante du bien et du mal, comme le sont les petits enfants qui viennent de naître.

Elle se rebiffa. C'était non. Il soupira. Il avait refusé plusieurs personnes pour la recevoir en urgence, par amitié pour sa mère et son beau-père, qui le lui avaient demandé. Ils se faisaient tant de soucis pour elle.

Le thérapeute eut l'air si navré qu'elle ne put s'empêcher de rire. Elle avait ramassé son sac et sa veste et s'apprêtait à partir, quand la voix ensorcelante de Victor Grandier s'engouffra dans son oreille:

— Je ne devrais pas vous l'avouer, mais je tremble en pensant à ce qui pourrait vous arriver. Si vous ne vous soignez pas, vous allez au-devant de graves ennuis, cela se voit.

Elle fit volte-face. Assis à son bureau, il la pointait du doigt.

— Je ne plaisante pas. C'est votre vie qui est en jeu. Laissez-moi simplement vous raconter une histoire.

Une crainte sans nom lui mordit le cœur. Elle reposa son sac. Victor Grandier continua, la mine désolée :

— Il y a de cela dix ans, un jeune homme est venu me voir. Il était beau et talentueux et s'apprêtait à reprendre l'entreprise de son père. Les femmes étaient à ses pieds. Les hommes le jalousaient ou voulaient être son ami. Il avait, disait-on, tout pour être heureux. Il hésitait à entreprendre une thérapie avec moi. Il choisit, finalement, avec l'argent mis de côté en prévision de nos séances, de faire quelques menus travaux dans son appartement. Il logeait dans une très belle impasse, peu fréquentée… Savez-vous ce qui se passa trois mois plus tard ?

— Non ?

— On retrouva son corps, un matin, au pied de son immeuble, léché par les chiens. Il s'était jeté de son superbe penthouse.

Elle l'avait écouté, pétrifiée. En un éclair, elle songea à sa toute dernière conversation avec le mari de sa mère. E. le lui avait signifié : ses errances n'avaient que trop duré ; elle avait eu une enfance vagabonde, une adolescence instable et ne respectait rien ; elle avait en entamant une liaison avec un homme marié puis en divorçant saccagé l'occasion qui lui avait été donnée d'enfin se ranger. Cette thérapie était pour elle une chance unique de démarrer une nouvelle vie sur de bonnes bases.

Ce qu'elle en pensait ? Rien. Elle admirait E. Il avait épousé sa mère en secondes noces. Il la considérait comme sa fille. Elle l'avait, une fois encore, déçu par sa conduite. Elle redoutait son courroux. Elle avait abdiqué.

Le jour du premier rendez-vous, E. l'avait déposée en voiture à quelques rues de chez Victor Grandier et souhaité bonne chance, les yeux rouges de larmes :

— Tu verras, c'est pour ton bien. Et puis, ce Victor Grandier est vraiment différent. Ce n'est pas un homme comme les autres.

Pas un homme comme les autres ? se dit-elle en fixant Victor Grandier de ses yeux glauques. Qu'elle pût, elle, se retrouver nue

devant quelqu'un sans qu'il en fût excité lui
parut insensé.

Elle regarda et l'homme et la banquette
recouverte d'un drap.

Une tristesse blafarde s'empara d'elle.

Elle sourit à Victor Grandier.

Et se déshabilla.

II

L'enchanter

Mains sur la poitrine, soudain encombrée d'elle-même, elle restait debout, dans ce bureau, toute pâle, immobile, tête inclinée, une mèche de cheveux barrant ses yeux.

Victor Grandier la dévisagea d'un air tranquille et lui souffla, dans un sourire :

— Les bijoux aussi. Nue, comme Dieu nous a créés.

Elle se dépouilla de sa montre, de ses bagues et de ses boucles d'oreilles puis minauda. Elle voulait garder ses sous-vêtements. Il allait la voir. C'était dégoûtant.

Victor Grandier pinça sa lèvre inférieure entre deux doigts et secoua la tête.

— Parce que vous croyez que je vais vous regarder ? C'est faire grand cas de votre petite personne ! Votre corps ne m'intéresse pas. Il y a longtemps que je suis passé à un autre plan.

Seules les choses de l'esprit m'importent. Mais vous êtes libre, faites comme bon vous semble.

Elle sentit son visage la brûler. Elle avait douté de sa haute intégrité. Qu'un sage comme lui pût s'intéresser à elle était inespéré. Elle lui faisait perdre son temps avec ses simagrées.

Toute honteuse d'avoir eu de si mauvaises pensées, elle trottina jusqu'à la banquette. Il resta le front penché sur ses dossiers.

Elle s'allongea. Il se leva, tira une chaise, s'assit à hauteur de sa tête.

Elle le cherchait des yeux. Il ne la regardait pas.

Elle examina ses pieds, ses mollets, ses cuisses, son ventre. Elle se trouva trop pâle, trop grosse.

La voix onctueuse de Victor Grandier se déploya dans le blanc de la pièce.

— Il vous faut vous départir de votre tendance à tout intellectualiser, pour atteindre un langage simple, celui de la vérité. Les sots y parviennent aisément. Mais, dit-il en la regardant enfin, c'est sans doute moins évident pour les petites personnes qui ont une belle tête bien faite et bien pleine.

Elle grimaça. Il lui demanda de mettre ses bras le long du corps pour bien respirer.

Elle avait froid. Il lui dit qu'en plein mois de mai il n'était pas normal qu'elle eût froid. C'était donc un froid qui venait du passé.

Il souffla très fort en ouvrant la bouche démesurément. Elle réprima un petit rire. Il souffla à nouveau, l'invitant à faire de même. Elle s'appliqua à l'imiter de son mieux.

Il se pencha vers elle, la pria de fermer les yeux, de se laisser guider par sa voix, et de respirer amplement, plus vite, plus fort.

Son débit de paroles se fit plus lent.

Après quelques minutes de respiration intense, elle se sentit prise d'une étrange torpeur. Ses doigts étaient engourdis, ses jambes ankylosées, ses paupières lourdes.

Au bout d'un temps, elle entendit la voix de Victor Grandier lui murmurer :

— A présent, détendez-vous et accueillez vos émotions. Ce froid dont vous me parliez, la dernière fois que vous l'avez ressenti, où était-ce ?

Elle répondit, sans cesser de haleter :
— Je vidais son appartement, elle vient à peine de mourir, vous savez...

Il lui demanda de s'imaginer dans cet appartement.

— Replacez-vous quelques jours en arrière et répétez après moi, en parlant au présent : « J'ai vingt-cinq ans, j'ai froid et je vide l'appartement de... » Allez, à vous...
— J'ai vingt-cinq ans, j'ai froid et je vide l'appartement de ma grand-mère et je mets tout dans des petites boîtes, comme on a mis son gros corps à elle dans une petite boîte, je signe des papiers, des papiers, des montagnes de papiers, je suis sur le canapé, je me lève, je ne ressens rien... Voilà...
— Recommencez.
— Je suis fatiguée.
— Recommencez.
— Non, je n'ai pas envie.
— Recommencez.
— Ça ne sert à rien.

Il insista d'un air affectueux. Elle recommença, donc.

Une fois. Deux fois. Dix fois.

Les minutes filaient. Il ne l'interrompait pas, si ce n'est pour lui répéter :

— Recommencez.

★

Soudain, traversée d'une rage immense, les yeux bouillonnant de larmes, elle crie :

— Assez !

Et siffle entre ses dents :

— Quand j'ai signé les papiers ils m'ont dit, avec ce qu'elle vous a laissé vous ne manquerez de rien. Ils [...............................
....
....]

Dévastée de chagrin, elle déverse un flot d'injures, puis :

— Chaque fois que je veux l'appeler pour lui demander pardon, au moment où je compose son numéro, je m'aperçois qu'elle est morte.

Elle ne dit plus rien, se redresse, s'appuie sur ses coudes, le visage livide. Victor Grandier paraît presque aussi ému qu'elle.

— De votre bouche sortent des serpents et des crécelles. Nous allons bien nettoyer tout ça jusqu'à ce qu'il n'en surgisse que des joyaux et des roses.

Elle reconnaît là les mots d'un conte de fées qu'on lui lisait, enfant. Elle s'assied sur la banquette. Les genoux contre la poitrine, le dos collé au mur blanc, elle regarde, par la fenêtre, un avion zébrer le ciel. De ses doigts froids, elle touche ses chevilles et gratte le vernis écaillé à ses pieds. Sa poitrine tremble, sa gorge se crispe. Elle aperçoit à travers ses cils le sourire de Victor Grandier. Les yeux ronds, elle fouille son visage. Elle envie ses joues fripées, ses rides molles, ses mâchoires puissantes, pour la seule raison qu'il possède tout ce qu'elle n'a pas. Elle se calme puis se rallonge.

Le thérapeute chuchote :

— On ne se baigne jamais deux fois dans le même fleuve. Et pourtant, chacun peut remonter le cours de son histoire comme un saumon remonte le cours d'une rivière. Ce froid, avant cela, vous l'avez déjà ressenti. Respirez, la bouche bien ouverte.

Les paupières brûlantes, elle réfléchit. Puis d'une petite voix, elle ose :
— J'ai dix ans…

Victor Grandier lui fait signe de continuer. Et, tandis que les mots franchissent la barrière de ses lèvres où si longtemps elle les avait tenus, elle sent à nouveau le froid pénétrer ses os.

— Encore. Recommencez.

Elle reprend son souffle. Elle regarde le plafond blanc. Les murs atrocement vides. Sa vie minable. Et ferme les yeux, replonge dans ses souvenirs, remonte les années.
Dix ans.
Neuf ans.
Huit ans…

★

Elle se laissa aller à parler de longues heures, les yeux clos, les mains jointes. Au fur et à mesure qu'augmentait la conscience de sa médiocrité, elle se sentait de plus en plus en confiance avec Victor Grandier. Rien ne le choquait. Quoi qu'elle dît, il gardait la même oreille attentive et semblait déguster chacune de ses phrases. Il l'encourageait quand elle était sur le point de renoncer à explorer un souvenir. Son visage s'illuminait dès que, en revisitant une nouvelle fois ce qu'il appelait une « scène » de son passé, elle mettait au jour une qualité d'émotion, un détail infime qui, la fois précédente, lui avait échappé. Il se montrait avec elle si bon et si patient, qu'elle commença à trouver qu'il n'était pas si laid.

Un gargouillis de son ventre la tira de sa rêverie. Il était près de treize heures. Elle ne s'était confiée à personne depuis des mois. Et voilà que cet homme venait de l'écouter avec la plus grande attention pendant cinq heures.

Elle se rhabilla, signa un chèque de mille six cents euros, prit congé de Victor Grandier et rentra à l'hôtel pour écrire le compte rendu qui lui était demandé. Elle s'appliqua pour tenter de restituer et son enthousiasme à l'issue de cette première séance, et les éléments de son passé dont elle s'était tout à coup souvenue,

glissa une quinzaine de pages dans une enveloppe, courut la déposer sous la porte de
Victor Grandier, regagna sa chambre, éteignit
la lumière et s'assit sur le rebord de son lit.
Dans l'immeuble d'en face, une fenêtre s'alluma. Une famille s'installa à table. Ils riaient
beaucoup. Ils ne la voyaient pas.

Elle voulait rester cachée. Elle voulait qu'on
ne lui parle pas. Et qu'on la laisse, là, dans
l'obscurité de sa chambre, regarder tous ces
gens qu'elle ne rencontrerait jamais, héros
anonymes dont les lèvres bruissaient de mille
paroles qu'elle n'entendrait pas.

Elle posa une main sur son ventre. Son nom
s'effacerait après sa mort.

★

A huit heures le lendemain elle était chez lui.
Son écriture était difficile à déchiffrer. Victor
Grandier avait dû empiéter sur sa nuit de sommeil pour la lire. Il y avait du travail : elle était
la proie de fausses images dont il lui fallait se
déprendre. Elle ignorait ce qu'était cette vérité
dont elle entendait le grand V vrombir dans la
bouche de Victor Grandier. Mais sa famille le
lui avait suffisamment reproché : elle manquait de rigueur. Ce matin encore, alors que le

règlement l'interdisait, elle avait, sans rien en
dire à Victor Grandier, bu un café et grignoté
deux biscottes avant d'aller à sa séance. Cette
thérapie était le seul moyen de se racheter une
conduite. On lui en voudrait de la faire en
dilettante.

Elle se déshabilla entièrement, sans même
que Victor Grandier le lui demande. Et s'étendit sur la banquette, résolue et concentrée.

★

Il existe dans les zones urbaines des îlots où
les déclassés peuvent déposer leur corps. Elle
avait tout raté. Sa famille l'avait donc mise là,
au Splendid Hôtel. Ils avaient dit que c'était
pour son bien, pour la protéger d'elle-même.
Probablement ne les intéressait-elle plus.

Là-bas, ils élevaient une autre fille.

★

Pendant les trois premières semaines de sa
vie au Splendid Hôtel, elle reste dans sa
chambre et n'en sort que pour voir le notaire.
La réceptionniste dépose devant sa porte des
fruits qu'elle ne touche pas.

Ses séances chez Victor Grandier com-
mencent. Chaque matin, pour aller jusque

chez lui, elle traîne la patte, puis, bientôt, s'y rend d'un pas plus leste. Elle s'allonge sur sa banquette. Parle de longues heures. Rentre à l'hôtel. Déjeune d'un sandwich dans sa chambre. Ecrit ses comptes rendus. Les dépose. Regagne le Splendid. La faim la tient en éveil. Elle s'endort épuisée, peu avant l'aube. Puis se réveille en hâte.

Le monde dans lequel nous étions nés pourrissait sous le soleil de mai. Elle n'en savait plus rien.

★

Les soirs de match, l'hôtel s'animait. Les cris des hommes de la baraque à frites, agglutinés devant la télévision qui trônait au-dessus du comptoir de la réception, parvenaient jusqu'aux chambres. Ça se battait un peu. Une voiture de police venait. Chacun rentrait chez soi.

Le reste du temps, il n'y avait pas grand monde. Juste quelques autres qui, comme elle, habitaient là, et dont elle apercevait parfois un bras à la fenêtre quand ils faisaient sécher leur linge ou fumaient une cigarette en regardant les phalènes se fracasser sur le néon rose de l'enseigne du Splendid Hôtel.

Mais ils ne se parlaient pas. Quand ils se croisaient dans l'escalier, c'est à peine s'ils osaient se saluer. La honte les tenait dans le silence.

★

Assise derrière le comptoir de la réception, une grosse dame aux cheveux ras, un petit chien bleu sur les genoux, levait parfois les yeux de son journal puis reprenait sa lecture. Au mur, la pendule du Splendid Hôtel indiquait midi pour toujours. Dans les étages, trente-huit chambres donnaient sur un lot d'immeubles rabougris et un centre commercial promis à la démolition. Plus loin, une dalle battue par les vents, décorée de faïences psychédéliques, reliait entre elles par un jeu de passerelles des tours aux fenêtres-miroirs, pauvres totems remplis de centaines d'yeux grimpant vers un ciel indifférent.

Bientôt, on raserait le centre commercial. Il y aurait de nouveaux restaurants, des magasins plus lumineux. On parfumerait les parkings. On doterait le fast-food de sièges confortables et la station-service de pompes rutilantes. Puis on détruirait à nouveau pour reconstruire encore plus grand, toujours plus haut. Jusqu'à ce qu'un jour les herbes envahissent la dalle, les magasins, les pieds des tours, les couloirs, et effacent tout.

★

Deux heures s'étaient écoulées, depuis le début de sa cinquième séance chez Victor Grandier quand, tout à coup, elle s'entendit gazouiller, d'une voix qui n'était plus la sienne :

— J'ai cinq ans et je suis au petit square et le gardien vient me voir et avec sa grosse voix de gardien il me gronde parce que j'ai cueilli une rose et j'ai un gros chagrin et il rit le gardien il rit avec sa bouche pleine de grosses dents noires il est vilain et très très méchant…

Les mains sur la bouche, elle éclata d'un rire nerveux puis s'arrêta net. Un chuintement venait de derrière la porte. Elle prêta l'oreille. On pleurait dans la pièce d'à côté.

Le 25 mai 2002, elle avait dépensé six mille euros.

★

Nous avons tous une première image de notre enfance, comme si nos yeux s'étaient ouverts ce jour-là. Et ce que nous avons vu avant, nous ne le savons pas.

— Et avant vos cinq ans ? lui demanda pourtant Victor Grandier le lendemain, alors que la séance était déjà bien entamée.

Visage levé vers lui, mains sur la poitrine, elle chercha dans les pupilles de son thérapeute la réponse qu'elle n'avait pas, mais qu'il lui sembla soudain attendre depuis toujours. Elle fixa le rayon oblique du soleil qui traversait le bureau et se concentra. Assis devant la banquette, le bras gauche plié en anse sur la hanche, la main droite tenant la feuille du compte rendu qu'elle avait rédigé la veille, Victor Grandier l'encourageait :

— Ne vous contentez pas de commenter ce que vous voyez. Nos pensées peuvent tout. Plongez dans les scènes de votre passé, ressentez-les dans votre chair.

Les minutes passaient. Aucun événement de sa petite enfance n'affleurait dans son champ de conscience. Le sang lui monta à la tête. Un vagissement aigu se fit entendre de l'autre côté du mur. D'un bond, elle se leva de la banquette, se rhabilla et se précipita à la porte.

— Ce bruit, là…

Victor Grandier coula vers elle un regard réprobateur et lui demanda, en lissant son sourcil gauche entre ses doigts :

— Vous m'avez bien dit qu'il vous arrivait de prendre des anxiolytiques, n'est-ce pas ?

— Oui.

— Depuis longtemps ?

— Non. Depuis qu'elle est morte.

Le corps du thérapeute se mit à trembler, pris d'un rire gras. Elle tenta de se justifier. Il lui conseilla d'arrêter médicaments et cigarettes sur-le-champ. Elle s'inquiéta des effets secondaires consécutifs à un sevrage si brutal. Il balaya ses craintes d'un revers de la main :

— Si vous continuez à vous intoxiquer, vous ne pourrez pas aller au plus près de vos émotions. Vous ne guérirez pas.

— Je ne sais pas si j'aurai ce courage…

Il lui dit qu'il la soutiendrait. Elle pourrait évidemment le joindre de jour comme de nuit, en cas de problème. Rassurée, elle acquiesça de la tête. Il avait des réponses à toutes ses angoisses.

Elle signa un chèque de mille deux cent quatre-vingts euros. Victor Grandier la raccompagna jusqu'à la porte. Mais soudain, dans le vestibule, il s'arrêta. Ses grosses joues engloutirent ses yeux, son visage se figea, sa bouche s'ouvrit comme celle des statues qui dans les fêtes foraines délivrent des oracles, il se mit à battre des cils et, d'une voix sortie des entrailles de la terre, lui dit :

— Vous ne savez pas ce que vous savez. Mais si vous faites exactement ce que je vous dis, vous pourrez franchir la barrière du temps, réécrire votre passé, modifier le cours de l'histoire et enfin le voir. Car c'est bien ça que vous voulez, n'est-ce pas ?

Un feu immense embrasa sa poitrine. Elle rentra à l'hôtel, pleine d'une joie terrible.

Un orage éclata. Allongée sur son lit, elle voyait les nuages avancer vers elle telles des vagues. Elle se souvint tout à coup d'une autre nuit, sur une langue de terre bretonne. Elle était petite. Un volet claquait. Elle ne dormait pas. La peur au ventre, une lampe de poche à la main, elle avait descendu des escaliers en colimaçon, et poussé une porte en bois. Sitôt dehors, elle avait été saisie par la suffocante beauté des ténèbres. De l'autre côté du muret, à perte de vue, l'Atlantique pressait jusqu'au rivage des troupeaux de moutons blancs qui s'évaporaient mystérieusement. On entendait gémir d'invisibles sirènes. Un rayon opalescent avait troué les nuages puis effleuré le toit d'une maison. Elle avait levé la tête vers les étoiles et s'était alors rappelé avoir appris – mais de qui ? – que la lumière de certains astres ne nous parvient qu'après qu'ils sont morts. Elle avait couru se cacher dans les rochers. Dans la maison au toit de granit, tous dormaient. Ils ne la verraient pas pleurer. Ce chagrin, comme les autres, il faudrait le taire. Cette nuit-là, elle avait su ce que chaque jour nous oublions pour continuer à vivre : l'instant est perdu dès qu'il passe, et nous sommes tous poussés par les vagues, comptés comme les moutons de notre enfance par un immense monde insomniaque.

★

Quand on tourne à droite, on se retrouve soudain dans un de ces quartiers aux rues

vides, bordées d'arbres noueux, où même le
ciel semble une paroi peinte. Chaque fois
qu'elle s'arrêtait devant la porte de Victor
Grandier, elle se demandait ce qui avait bien
pu pousser un homme de sa qualité à venir
s'enterrer dans un endroit si funèbre. L'immeuble était perché sur une colline et caché
dans les feuillages. Il n'y avait aucune plaque à
son nom. Il fallait, pour y accéder, passer
devant une maison farfelue, aux murs de grès
flammés et aux balcons sculptés d'hippo-
campes et de visages verts aux yeux bridés,
contourner une église, arriver jusqu'à un
dédale de ruelles, franchir le porche d'une cité,
puis s'enfoncer dans une allée impraticable à
tout véhicule, qui débouchait sur une impasse.

Pourtant, peu à peu, elle se mit à aimer ce
quartier. Derrière les yeux des fenêtres, des
appartements remplis de pendules inquié-
tantes et d'abat-jour ventrus moisissaient pai-
siblement sous une fine pellicule de poussière.
Le soleil était pâle. L'eau de la fontaine rafraî-
chissait la peau. De grosses abeilles bleues
butinaient les géraniums orange du rond-
point. Elle se sentait de plus en plus légère.

★

Au fur et à mesure que l'on se retranche en soi-même, l'espace se fait plus vaste. La chute d'une goutte d'eau sur la bonde du lavabo devient un événement. Le moindre craquement du plancher titille l'oreille. A l'ombre des tours, au milieu des champs de paraboles, dans la chambre du Splendid, elle goûte à la joie paisible d'être en exil dans sa propre ville. Elle n'a rien gardé de sa vie d'avant. Les beaux objets de l'héritage, eux, dorment dans un garde-meuble de banlieue.

Les jours passent. Son isolement lui devient délectable. Elle ne parle toujours qu'à Victor Grandier. Le reste du temps, elle se tait. Chaque matin et chaque soir, elle salue la réceptionniste d'un simple signe de tête. Au fast-food, d'un doigt elle désigne ce qu'elle veut et tend l'argent qu'on lui réclame. Devant tous, elle sourit mais reste lèvres closes. Bavarder ne lui manque pas. Au Splendid, personne ne la connaît. Elle paie sa chambre. On ne lui pose aucune question. Plus de reproches sur sa conduite. Plus de disputes ni de cris. La paix, enfin.

Le lit terne sur lequel elle écrit ses comptes rendus, le papier peint coquille d'œuf gondolé par endroits de sa chambre, le tiroir de la table de nuit dans lequel elle a trouvé une épingle à cheveux, le rideau de douche jauni et la moquette rêche sur laquelle elle s'étend parfois s'assortissent délicatement à sa tristesse. C'est la bonne volonté des choses sans âme.

Elle compte les taches du tapis, les nœuds sur le bois de la rampe d'escalier, les lattes du parquet, le nombre de marches jusqu'à sa chambre, le nombre de pas à faire entre l'hôtel et l'immeuble de Victor Grandier, le nombre de battements de son cœur. Puis elle se lave, se coiffe, retourne sous la douche, s'aventure jusqu'à la réception feuilleter sur le comptoir de bois brun un registre vide où jamais personne ne marque son nom, valse dans le couloir, prend devant la glace des poses ridicules, fait sur le mur de sa chambre des ombres chinoises, étudie les motifs de sa couverture de lit, s'assied à la fenêtre et trouve soudain à un paysage morne toute la beauté du monde. Ses yeux naviguent des tuiles des toits aux fenêtres encadrées de rouge des tours. Le bulbe d'une église orthodoxe émerge, là, comme un champignon bleu. Elle crayonne des sourires dans le ciel. Des nuages s'effilochent. Des visages et des villes se forment.

Des hommes reviennent des camps. Des femmes du désert à la peau d'un noir tirant sur le bleu ouvrent leurs bras, leurs draps, leurs corps. Elle voit des rires. Des larmes. Et, plus loin, l'océan.

★

De l'appartement de Victor Grandier, elle ne voyait en revanche jamais rien d'autre que le vestibule, le couloir, le bureau quasi vide et cette pauvre banquette sur laquelle elle s'était étendue, ce matin-là encore, pour sa onzième séance.

N'étaient-ce le crucifix et le bureau d'acajou, tout était blanc. Parfaitement blanc. Le drap. Le coussin. Les murs. Les rideaux. Net. Pur. Rien pour arrêter le regard. Pas de papier dans la poubelle de bureau. Aucun désordre, aucune miette.

Elle s'étira. L'odeur âcre de son aisselle lui irrita les narines. Elle bafouilla de honte : elle avait arrêté anxiolytiques et cigarettes ; le sevrage était difficile ; elle se sentait nerveuse, avait la langue pâteuse et des bouffées de chaleur.

Le thérapeute lui dit alors qu'elle transpirait

la haine. Une haine venue du passé. Il était donc normal que cela sentît très mauvais.

Elle songea soudain que Victor Grandier n'avait pas d'odeur. Il ne sentait rien.

Elle se mit en chien de fusil, regarda longuement la fenêtre, puis brusquement dit tout bas :

— Je voudrais devenir comme cette pièce.

Elle sursauta. De nouveau, on pleurait de l'autre côté du mur. C'étaient des sanglots longs, terribles, rauques, qui venaient du fond du ventre. Cette fois, n'y tenant plus, elle demanda :

— Mais enfin, qui pleure ?

Tout à coup, un cri perçant fracassa le monde du silence, la chair du son se transforma, des notes jaillirent, s'envolèrent, frappèrent les murs, ses oreilles, et prises de panique, coulèrent en un flot brûlant dans la pièce.

Elle sourit.

On jouait du violon.

Les lèvres ourlées d'un sourire soudain enfantin, Victor Grandier lui dit alors que le pur amour, celui après lequel elle n'avait cessé de courir, cet amour-là, il le vivait chaque jour, depuis quarante ans, avec sa femme.

★

Il lui raconta leur rencontre.

Elle donnait un concert pour quelques amis étudiants. Ce soir-là, Victor Grandier était dans la salle. Quand il la vit, rivée à son violon, sculpter la musique avec la dévotion d'une moniale en prière, il fut subjugué. Il l'attendit à la sortie du concert. Mais il ne l'aborda pas. Non. Il la suit jusque chez elle, note son adresse, repère la fenêtre qui s'allume et la voit fermer les volets. Le soir même, il lui écrit. Puis le lendemain. Puis chaque jour encore. Il la courtise à l'ancienne. Elle ne sait d'abord que faire de ce mystérieux correspondant qui dépose des missives enflammées sous sa porte. Mais elle se sent seule à Paris, loin du pays d'Europe centrale qu'elle a dû fuir. Elle finit par répondre à Victor Grandier. Se prend au jeu. Lui fait, par écrit, des confidences. Il s'enhardit. Il promet de la couvrir d'or et de cadeaux. Lui détaille par le menu le pro-gramme de leur vie future. Elle vacille devant tant d'aplomb. Le lendemain, il frappe à sa porte. Le premier soir, il ne la touche pas. Ils parlent longuement. Ils s'apprivoisent. Se lient l'un à l'autre. Ne se quittent plus. Ils s'installent dans un minuscule appartement. Mai 68 consterne Victor Grandier. Il ne va pas sur les barricades. Il ne défile pas pour le retour du général de Gaulle. Il s'assombrit. Il lit de plus en plus tard, la nuit, les poètes et les Evangiles. A la rentrée suivante, il entame des études de psychologie. Dans les amphithéâtres, ses prises de position agacent. Durant une leçon, il se brouille avec un enseignant et claque la porte de l'université. Il voyage, s'instruit tout seul. Il n'a besoin de personne sauf de sa violoniste, qu'il épouse, en blanc. Le lendemain de sa nuit de noces, il lui annonce qu'ils ne coucheront plus ensemble. Il ne veut pas d'enfant. Il ne veut de rien qui pourrait les empêcher de se consacrer entièrement l'un à l'autre. Il lui propose plus. Une communion d'âmes. Elle accepte. Elle entre dans un nouvel orchestre. Son jeu d'archet éblouit. Sa renommée grandit. On la sollicite. Elle entame une carrière de soliste. Ils déménagent. Peu de temps après, Victor Grandier reçoit son premier patient.

Durant tout le temps qu'il avait parlé, la voix du violon n'avait cessé de murmurer, de rugir, de rire, de pleurer. Chaque note arrachée à l'instrument racontait le bonheur et la douleur d'exister. C'étaient les chars, les exodes, la folie des masses humaines, le monde, ses éclats et ses ombres, qui sortaient de l'âme de ce violon et tourbillonnaient dans le bureau, prenant par la main, avec une puissance ravageuse, ce corps posé sur la banquette, ses rêves brisés et son immense petit chagrin.

★

Le 30 mai 2002, elle avait dépensé quatorze mille quatre-vingts euros.

★

Le disquaire à côté du Splendid n'a pas les œuvres de la femme de Victor Grandier. Ce nom ne lui dit rien. Il réfléchit encore, rajuste ses lunettes, consulte un cahier, fouille dans sa réserve. Non, désolé.

Devant l'hôtel, des enfants crasseux vêtus de maillots de footballeurs jouent sur la carcasse verte d'une voiture. Elle s'enfouit dans les galeries souterraines du centre commercial. Des jambes et des bras de mannequins dépassent d'un carton. Les lueurs glacées des néons clignotent. Par intermittence, les vitrines lui renvoient un reflet blanc.

Elle marche, se perd, l'horizon ne donne que sur les voies sans issue d'un bunker de béton. Ses yeux rencontrent ceux d'un clochard hirsute aux pieds griffus qui lui indique la sortie. Elle prend un tunnel qui s'ouvre sur une place, s'arrête un instant devant un manège, passe un terrain vague, arrive devant un marché. Une écailleuse aux cheveux rouges, à la tête de fouine, aux yeux pervenche et aux ongles rouges eux aussi, accrochés à de longs doigts qu'elle agite comme des pinces, lui sourit. La chair des poissons luit sous la lumière. La bouche du métro avale et recrache un torrent de personnes. Un homme en costume mou sort d'une cabine téléphonique. Il s'arrête à sa hauteur, se touche l'entrejambe et l'insulte. Les mots horribles battent à sa tempe. On la bouscule sans même s'excuser. Elle bute dans un cageot de légumes, se râpe le genou, se relève, se retourne. L'homme est là, juste derrière elle. Il rit. Il crie. Elle court. Le métro aérien siffle et serpente sur sa tête. Au loin, elle aperçoit la silhouette d'une petite fille, un ballon rouge à la main, sortir d'un magasin.

Elle entre chez ce marchand de jouets, lui achète des gouaches, des toiles et des pinceaux.

Elle marche tout droit.

Le soleil bave des filets de feu.

Au coin d'une rue, semblables à une grande forêt de signes, les lettres de néon rose du Splendid flottent, immobiles.

Elle monte dans sa chambre et s'allonge sur la moquette. Le sol est chaud et spongieux. Le sac de plastique du marchand de jouets colle à son sein.

Tard dans la nuit, assise par terre, les mains, les jambes et la bouche tachées de peinture, elle voit le château de sa grand-mère surgir d'un paysage d'huile.

★

— Et avant ?
— Avant, c'était le paradis.

Le paradis, répéta-t-elle dans le silence épais de cette nuit, où Victor Grandier avait accepté de la recevoir pour une deuxième séance quotidienne, à une heure tardive. Allongée sur la banquette, les paupières lourdes, le dos mouillé de sueur, elle se concentra, jusqu'à ce qu'il lui fût donné de voir distinctement une enfant qui lui ressemblait, en robe de velours, la bouche et les doigts rouges de mûres et les mollets griffés par les orties, cheminer jusqu'à l'Iton poissonneuse d'où l'on peut, par temps clair, apercevoir les hautes tours Renaissance du Château de la mésange.

Sa bouche se tordit. Elle soupira :

— Mais ce temps-là est fini. Elle est morte. Elle aussi.

Victor Grandier l'écoutait, doigts croisés, les bouffissures de son visage éclairées par le feu lointain de sa lampe de bureau.

— La mort n'est rien. Car tant que vous vivrez, ils ne mourront pas. Vous pouvez, par les mots, les faire renaître. Ils sont en vous. Que voyez-vous ?

Elle ne voyait que d'étranges petits points blancs tomber devant ses yeux. Elle s'appliqua, souffla, souffla encore, plus vite, plus fort.

★

Sa gorge lui semble faite de carton. Elle tousse, s'agite, gigote. Les mains autour du cou, la tête rejetée en arrière, tout à coup, elle panique, s'étrangle, suffoque, tend une main vers Victor Grandier, qui, lui, ne bouge pas, et chuchote, impassible, en la poinçonnant de ses pupilles :

— Ne craignez rien. Vous êtes en sécurité avec moi. Je suis là pour vous aider à traverser l'écran de votre peur. Respirez, respirez bien fort. Et dites-leur tout ce que vous avez toujours voulu leur dire… Nous pouvons avec l'esprit soulever des montagnes. Ce pouvoir, je vous le donne.

La tête lui tourne. Elle ferme les yeux, dévale collines et plaines, court à travers champs, franchit la forêt d'ormes, pousse la lourde grille ornée de deux dragons ailés et entre dans le château.

★

Quand elle ouvrit les yeux, le temps avait disparu.

*

« Derrière le glacis de ma rétine il ne manque rien. Le château est dans mon œil, je me vois dans le château.

« Au détour d'un couloir, une Diane de marbre tire sur la peau du tigre affalé au pied d'un canapé en cuir noir devant lequel trône un plateau berbère posé sur un coffre en bois précieux. Plus loin, des guerriers Ming en ivoire se battent sur un jeu d'échecs. Une vanité tourne le dos à un miroir pragois caché derrière un cabinet de palissandre. Un négrillon d'ébène ignore un poisson-lune joufflu qui menace de gober un trois-mâts prisonnier d'une bouteille. Sur un Aubusson, une femme, sous une voûte de branches d'oranger, en robe ample, les cheveux piqués de fleurs, tisse à la quenouille devant un château. Les salles tapissées de glace se succèdent. Il ne manque rien.

« Encore.

« M'allonger encore sur le tapis persan où des oiseaux bleus tissés répondent à ceux peints sur la voûte. Je touche un nuage du doigt et je veux toujours rester très exactement là où l'eau et le ciel se confondent. Je veux qu'il ne manque rien. Dans la salle à manger cachée par des rideaux d'émeraude, les aiguières en cristal regorgent de vin d'Espagne, la soupière sculptée d'animaux fantastiques est pleine de potage crémeux. A la cuisine, des citrouilles au ventre orangé et des tomates dodues dégorgent dans une marmite et de grosses volailles dont les plumes habillent la nappe à carreaux mijotent dans trois cocottes en fonte. Au salon, on a allumé un feu qui fait briller l'armure de roitelet que j'aime tant. Le thé est servi. Le piano est ouvert. Une sonate retentit… »

Ravagée de chagrin, elle bondit, hurle, blasphème, abandonne son corps sur la banquette de Victor Grandier, enfile plastron, haubert, gantelet et casque, s'élance sur son âne dans le parc la bouche pleine de feu, cavale, galope, aussi vite que possible, plus vite, si vite que sur son passage les ronces s'écartent, le lierre ne lèche plus les tours, l'Iton s'arrête de couler, le temps se bloque, elle franchit les confins, sa peau ne fait plus barrage pour empêcher son esprit d'aller où elle veut quand elle le souhaite et puisqu'elle le souhaite, le château n'est plus vide. Ils ne sont pas morts.

Elle monte un escalier de pierre, court dans le long couloir bleu du Château de la mésange, tambourine à une porte, murmure :

— C'est moi. Je suis revenue !

Une voix chérie lui dit d'entrer.

★

Elle les voit.

★

Elle a quinze ans. Elle a dix ans. Elle a trois ans. Elle n'a plus d'âge et plus de corps et elle rit aux éclats en se jetant dans leurs bras. Les morts parlent par sa bouche, elle leur fait la conversation, efface les querelles, réconforte sa grand-mère, danse à n'en plus finir dans les bras d'une mère jeune, se roule dans l'herbe avec ses cousins, dévale les pentes du parc en bas duquel les attendront toujours, sur une nappe blanche, brioches, pains au lait, glaces et orangeades, fait dans les bois mille cabanes, s'écorche les genoux contre l'écorce des arbres, se gave de cerises et couche sa tête sur l'herbe tendre, devant la fontaine aux amours, pour regarder à travers les branches du saule le ciel piqué d'étoiles. C'est bon. C'est bon ce chagrin contenu si longtemps mais qu'on ne lui fait plus taire et qui monte qui monte et déferle, ruisselle, casse les digues de sa pudeur et de sa honte et s'écoule en flots de pleurs qui nettoient tout. Elle n'est plus qu'eau.

★

Le 3 juin 2002, elle avait dépensé dix-huit mille cent euros.

★

Quand la mort frappe l'un de nos proches, lequel d'entre nous n'a jamais eu la nostalgie de ce qui n'a pas été ? Qui ne s'est jamais dit, j'ai aimé bien mal ou trop tard et si c'était à refaire, je ferais différemment ?

Victor Grandier lui offrait une jouissance abyssale. Elle s'y abîma, les prunelles dévorées de rêves. Il n'y eut plus de nuit. Il n'y eut plus de jour. Son regard se cerna de mauve. Elle perdit l'appétit. C'était sans importance. Elle fermait les yeux. Ils n'étaient plus morts.

★

Et, soudain, au détour d'un couloir, une ombre noire.

⋆

Elle se blottit encore contre sa grand-mère et enfouit son visage dans les plis de ses chairs jusqu'à ce que ses narines soient à nouveau pleines de son odeur. L'odeur de sa grand-mère. Cette odeur lourde, humide, de lavande, de terre et de poissons qui, l'été, était parfois si insoutenable que lorsqu'ils allaient tous rendre visite aux C., elle préférait encore passer toute seule devant la caravane du gitan, traverser le bois et remonter à pied l'allée de rhododendrons, plutôt que de monter dans sa voiture. Cette odeur qui disait déjà quelque chose de la mort, et qu'elle retrouve, à présent, sans honte ni crainte, lovée entre les bras de sa grand-mère, dans la chambre du château.

Elle l'écouta la bercer de rêves formidables. Des paquebots flottant sur une mer de nuages partaient à nouveau pour un de ces merveilleux voyages d'où la vieille dame rapporterait marionnettes balinaises, pierres d'Afrique australe ou vases chinois en céladon, qu'elle disposerait sur sa table à émaux pour les regarder, le soir, avec sa petite-fille, avant de s'endormir, le sourire aux lèvres.

— Alors, lui demanda soudain la voix de Victor Grandier, croyez-vous que vous auriez pu arriver à un si beau résultat avec ce qu'on vous faisait avaler tous les jours ?

Elle se leva et signa un chèque de deux mille deux cent quarante euros. Il ouvrit grand ses bras. Elle se jeta contre lui en sanglotant. Le sang tapait à ses tempes. Elle n'avait pas même pris la peine de se rhabiller. Son nez faisait des bulles. Il riait. Elle riait aussi. Il avait raison. Elle n'était qu'une enfant.

III

Le cri

Ils gisaient l'un contre l'autre, paupières closes, sur un lit tendu d'un rouge soyeux. Elle avait posé sa tête contre le torse de son amant. Elle avait entendu les mots résonner dans sa cage thoracique quand il lui avait dit :

— Je t'aime.

Puis :

— Je suis un lâche.

Elle s'était assise au bord du lit et lui avait souri. Mais O. était resté allongé, la bouche immobile, le visage absent.

Elle l'avait vu se lever, prendre une douche, ramasser ses affaires, s'habiller. Elle l'avait aidé à arranger le col de sa chemise. La porte avait claqué. Debout à la fenêtre, elle avait regardé la rue lui ravir son amant. Puis, elle s'était laissé choir, telle une marionnette dont on n'a plus l'usage, sur le parquet flottant.

Le soir même, son mari la mettait à la porte. Le lendemain, on la déposait au Splendid. Au même moment, le téléphone avait sonné. On lui avait annoncé la mort de sa grand-mère. Elle avait raccroché. Et soudain, elle avait ri. Elle n'avait pas pu s'arrêter de rire.

★

— C'est drôle comme, dans la vie, souvent tout nous tombe dessus en même temps, ne trouvez-vous pas ?

Elle ouvrit les yeux. C'était un dimanche. Victor Grandier avait refusé de prendre ne serait-ce qu'un jour de repos pour se consacrer entièrement à elle, et l'écoutait encore, assis sur sa chaise, dans la pénombre, d'où émergeait seulement son front puissant. La charité et la bonté se dessinèrent sur son visage quand il tourna la tête vers elle et lui répondit :

— Après votre thérapie ces événements pénibles ne seront plus qu'un lointain souvenir. Vous obtiendrez tout ce que vous voudrez, plus rien ne vous sera impossible.

— Mais alors, demanda-t-elle, rêveuse,

peut-être pourrais-je reconquérir mon amant ?

Victor Grandier lui fit un clin d'œil qu'elle prit pour une réponse positive. Il était si attentif à sa petite patiente que cela dissipait l'impression croissante d'étrangeté et de malaise qu'elle ressentait après chacune de ces séances. Aussi, chaque jour davantage, s'accommodait-elle à ses humeurs, anticipant ses désirs, glissant ses paroles dans le velours de sa voix et faisant de son mieux pour lui donner à voir ce qu'il espérait. Dès qu'il la félicitait, elle se sentait emplie de joie.

Il souhaitait lui faire revisiter le moment de sa naissance. Elle jugeait l'idée fantasque mais n'osa pas le contredire. Les yeux lourds de sommeil, étendue sur le dos, elle marmonna de vagues clichés et constata, en visualisant en pensée la scène, que sa mère était inconsciente et couchée.

Elle s'en amusa : cela ne la changeait guère. Mais Victor Grandier, prenant son trait d'humour à la lettre, s'écria aussitôt :

— Vous voyez ! Vous êtes déjà seule. Dès la naissance nous avons à nous débrouiller seuls.

Nous vivons seuls. Nous mourons seuls. Il nous faut ne rien devoir à personne. Répétez, en visualisant bien la scène : je suis à la naissance, l'air rentre dans ma gorge et ça me brûle, j'étouffe, j'ai peur de mourir, je me sens seule, Maman, tu m'as abandonnée…

Elle bâilla :
— Mais non, voyons… Je suis née par césarienne. Elle était sous anesthésie générale, voilà tout…
— Ne vous sentez-vous pas abandonnée de tous ?
— … Si.
— Maman, tu m'as abandonnée. Répétez.

Elle s'exécuta. Il la fit respirer très fort pendant de longues minutes.

★

De désagréables fourmillements envahissent ses membres. Ses doigts frétillent, se tordent, s'agrippent au drap blanc, son corps hoquette en mouvements syncopés, ses lèvres murmurent des choses insensées d'une voix languide, sa langue claque contre son palais, le grain des mots gratte sa gorge. Elle tousse.

Victor Grandier se fait insistant. Que voit-elle ? Qui sont les gens présents dans la salle d'accouchement ?

Elle tousse.

Il râle. Lui fait recommencer l'exercice. Une fois. Deux fois. Vingt fois. Tant et si bien qu'elle finit par deviner une ombre noire tenant la main de sa mère.

Le thérapeute s'extasie. Son cœur à elle fait un bond. La main crispée vers le ciel, le corps arqué, le cou tendu, les yeux démesurément ouverts, elle entend sortir de sa bouche un cri de nourrisson. La lumière ruisselle, son corps se raidit. Elle ne voit plus rien.

Victor Grandier la félicite. Elle vient de traverser le « traumatisme de la naissance ». Elle respire à grand-peine, se redresse, s'assied sur la banquette, tout étourdie. Il sourit et lui lance :

— Vous êtes particulièrement douée.

★

Ce même jour, en fin de séance, alors qu'elle signait un chèque de mille six cents euros, Victor Grandier lui dit :

— Je préférerais que vous me payiez en

liquide, à partir de la prochaine fois. Car vous venez de franchir un cap.

— Et ?

Il lui expliqua que cela lui permettrait de mieux éprouver son investissement dans cette thérapie. Elle n'imaginait pas pouvoir retirer tant d'argent chaque jour à la banque. Le thérapeute rit, les mains posées sur la panse puis la rassura, d'un ton très pédagogue. C'était elle la cliente. Le banquier était à ses ordres. Il lui suffirait de prévenir la banque quarante-huit heures à l'avance. Elle retirerait à chaque fois l'argent nécessaire au paiement de plusieurs séances.

— Vous prendrez des billets de cent ou deux cents euros. Pas de petite monnaie ni de billets de cinq cents, c'est plus simple, m'a dit ma femme. Car voyez-vous, ajouta Victor Grandier, hilare, moi, les chiffres, ce n'est pas du tout mon domaine.

Elle se sentit fière d'avoir ce point commun avec lui.

Dans la rue, elle s'assit sur un banc sous un ciel pur. Les oiseaux pépiaient dans les arbres. Elle leur sourit. Ils chantaient pour elle.

★

Le 9 juin 2002, elle avait dépensé vingt-deux mille trois cents euros.

★

Victor Grandier la laissa pendant plusieurs séances baigner dans la lumière liquide comme un fœtus dans le ventre de sa mère.

★

Le soir de sa dix-neuvième séance, son compte rendu écrit et déposé sous la porte, elle n'eut pas envie de regagner sa chambre. Il faisait trop chaud. Elle poussa la porte du bar-tabac qui jouxtait l'hôtel. L'endroit était vide. Elle s'installa sur un coin de comptoir. Elle commanda un café. Le patron la servit, puis lui tendit une Gitane Maïs. Elle secoua une main et fit non de la tête. Il alluma une cigarette. Chaque fois qu'il bougeait, l'empreinte de ses coudes laissait une fine buée sur le formica. Il était très maigre. Ses longues joues étaient mangées de couperose. L'arête de sa pomme d'Adam semblait prête à percer la peau de son cou. Ses yeux jaunes fixaient la porte. Elle lui sourit. Il avait le regard de ceux qui attendent quelqu'un qui ne viendra pas.

Il actionna le ventilateur, releva les manches de sa chemise et se servit une bière. La mousse collait à sa bouche. Elle vit au creux du poignet de l'homme une fine cicatrice. Il baissa les yeux.

Il vida son verre et se servit une autre bière. Il fouilla dans le tiroir de sa caisse enregistreuse et en sortit une photo. Dessus, une femme et une petite fille, toutes deux en robe jaune.

— Elle est partie.

Il avait laissé son index pointé sur la photo.

Dans un coin du bar-tabac, à la télévision, des Boeing percutaient en boucle les tours jumelles de New York.

L'homme dit :
— Elle m'a quitté ce jour-là.

Puis :
— Tout le monde se rappelle de ce qu'il faisait ce jour-là.

Elle hocha la tête.

Elle l'écouta tout l'après-midi. Il était très étonné. Il racontait puis soudain s'interrompait pour dire :

— Mais je vous embête avec mes histoires, vous avez sûrement des choses à faire.

Elle répondait simplement :

— Et ensuite, que s'est-il passé ?

Alors il raconta, encore.

Une grosse mouche tournait autour du bock de bière. Ils la suivirent des yeux.

Le lendemain matin, alors qu'elle s'apprêtait à se rendre chez Victor Grandier, on frappa à sa porte. Un petit homme à moustache, plus ridé qu'un raisin sec, affublé d'un chapeau melon, d'une salopette bleue et d'immenses chaussures à bout rond, lui tendit une rose et un mot sur lequel on avait écrit : « Je vous aime. »

Elle reconnut le clown qui parfois sur la place, devant le manège, faisait un numéro de muet et lui demanda des explications. Sans dire un mot, la bouche en « o », les yeux gourmands, la paume d'une main à angle droit, le pouce et l'index de l'autre joints et le petit doigt en l'air, il but à grands traits un café imaginaire. Elle lui tendit un billet. Il confirma : c'était l'homme du bar-tabac qui l'avait envoyé. Elle n'y retourna plus. Et se dit, mot pour mot : « C'est fou ce que les gens se laissent aller, dès qu'on se met à les écouter un peu. »

★

Des événements singuliers se produisaient. Les mots de Victor Grandier exerçaient sur elle un pouvoir mystérieux. Il avait, en quelques jours, restauré en elle une confiance immense. Une inflation d'idées chatoyantes lui traversait la tête. Au fil des séances, elle se sentait délestée de toute peur, de toute angoisse.

Elle s'ébroua sur la banquette, se gratta le pied, poussa un soupir de contentement, tourna la tête vers son thérapeute, et lui trouva la mine pleine d'une déconcertante sévérité. Il avait lu ses derniers comptes rendus. C'était mieux mais, l'assura-t-il en lui montrant les feuilles rouges de vaguelettes et de commentaires dans la marge, trop approximatif. Il lui fallait encore explorer des couches de souffrances anciennes qu'elle avait omis de découvrir et qui seules pourraient expliquer l'origine de tout. L'index pointé vers le ciel, il lui dit alors :

— Freud n'était pas un mauvais bougre. Mais il s'est fourvoyé en beauté : il prétend que le sexuel est parfois traumatique. Moi, je pense que tout traumatisme est forcément sexuel. Vos crises d'angoisse, c'est un signe qui ne trompe pas. Vous avez dû dans votre enfance...

— Non ! Il ne s'est rien passé. Je m'en souviendrais.

Les doigts de Victor Grandier se crispèrent imperceptiblement sur la feuille de papier. De la banquette où elle était étendue elle vit, en contre-plongée, le front du thérapeute se créneler de rides. Victor Grandier lui sembla immense et écrasant. Elle se sentit ridiculement petite.

— Allons, allons..., reprit-il avec bonhomie. Comme vous vous empressez de répondre « non, il ne s'est rien passé » ! Je ne peux que vous inciter à descendre en vous pour découvrir la vérité.

La porte du bureau laissait passer des effluves de cannelle. A côté, on cuisinait. Elle lui jeta des regards perdus. Il lui fit un sourire délicieux et s'assit devant elle, attendant.

★

Tout souvenir est reconstruit, *a fortiori* les souvenirs de la petite enfance. Leur réalité est bien entendu invérifiable. Mais la suggestion et la soumission volontaire à l'autorité sont les choses du monde les mieux partagées. Trois jours durant, Victor Grandier la passa à la question. Au fur et à mesure, sans qu'elle comprenne comment ni pourquoi, des images obscènes infiltrèrent sa tête, comme une tache de rouille s'incruste soudain sur l'huile d'un tableau. Bientôt, il n'y eut plus rien qu'elle pût tenir pour vrai ou faux. Elle n'arrivait plus à organiser le récit des événements en une suite logique. Elle vit des corps s'empiler sur des corps, tous mêlés indistinctement, se sentit prise de vertiges, eut besoin de trouver une cause à son état. Victor Grandier lui fit croire à un passé qui n'avait pas existé.

Chaque fois qu'il l'invitait à plonger dans ses souvenirs, elle répondait, non, avec cette personne, il ne s'est rien passé de mal, mais au même moment sentait son corps frappé de décharges électriques brutales, tantôt au pouce, le plus souvent dans le ventre. C'était pour le thérapeute le signe qu'il y avait là quelque souvenir douloureux «enkysté dans sa mémoire cellulaire» qu'elle taisait. Elle niait. Il ne lui souriait plus, grattait ses oreilles de l'ongle immensément long de son petit doigt, faisait avec sa bouche des bruits déplaisants, et se lançait dans des discours étranges, narcotiques, où toute différence entre les âges et les sexes était abolie. Les enfants n'ont pas conscience du bien et du mal. Quand ils s'éveillent à la vie, ils veulent voir, toucher, sentir, lui dit-il. Son dégoût n'était qu'une parade. Elle n'assumait pas la vérité. Raison pour laquelle elle ne se souvenait pas de ce qui s'était passé. Le jour où elle serait prête à voir les choses en face, elle atteindrait la sérénité.

Clouée sur la banquette, la tête prise dans un étau, les muscles tétanisés, et ses yeux attachés aux yeux de Victor Grandier, elle flottait, hors d'elle, dans les images de son passé. Puis, elle regardait le bureau, la fenêtre, les deux chaises, le Christ sur sa croix, les ongles blancs de ses pieds, les poils sur ses jambes et en bas de son ventre, les os de son bassin, la veine bleue sur sa poitrine, la peau rouge et rugueuse à son coude, ses cheveux fauve, et tentait de reprendre ses esprits. Un homme si bon ne pouvait se tromper. On l'avait envoyée à lui pour son bien. Il allait la soigner. Il allait la guérir. Sans doute avait-il raison. Oui, sans doute ne voulait-elle pas admettre la vérité. Elle promit de faire des efforts.

Chaque famille a ses monstres et ses ignominies minuscules. Elle avait dans son enfance vu des choses troubles et dès ses premiers entretiens avec Victor Grandier n'en avait pas fait mystère. Il n'eut qu'à la pousser dans ses derniers retranchements. Trois séances achevèrent de transformer son vénérable grand-père, un ami de sa mère et un vague cousin en abuseurs d'enfants. Et Victor Grandier lui sourit, enfin.

★

Depuis qu'elle avait hérité, à la banque tout le monde était très gentil avec elle. Elle demandait une somme d'argent. On la lui donnait. Le guichetier lui souriait, sortait des liasses de billets de son tiroir, humectait son doigt, comptait, recomptait, faisait plusieurs tas puis un seul, choisissait une enveloppe blanche, y rangeait les billets. Les autres employés de la banque souriaient aussi. On lui tenait la porte. Parfois même, on lui faisait un compliment sur sa coiffure ou on lui trouvait une ressemblance avec une comédienne en vogue. Elle rentrait ensuite au Splendid, les poches pleines. Dès qu'elle croisait un clochard sur sa route, elle lui donnait un billet.

★

Plus les séances chez Victor Grandier passaient, plus elle découvrait de choses. Mais quoi qu'elle vît dans ces « souvenirs », elle continuait à se cramponner à l'idée que, malgré tout, sa mère l'aimait.

Un matin, comme elle dit que sitôt sa thérapie terminée, elle irait voir ses parents pour leur demander des explications, Victor Grandier s'y oppose :

— Vos parents... comme vous dites, puisque c'est comme ça que vous les appelez, parce que, parlons-en... Cet homme qui prétend s'occuper de vous comme de sa propre fille mais vous jette comme une loque devant ma porte... Et cette femme, votre mère, qui a si honte de vous depuis votre divorce qu'elle refuse de vous adresser la parole et vous traite comme un chien…

Elle proteste. Victor Grandier grommelle : sa famille l'a abandonnée. Lui ne l'abandonnera pas. Jamais. Il est là pour la soigner. Il va l'aider. Elle n'a eu de cesse durant son enfance d'affecter une gaieté menteuse. On ne l'a jamais aimée. Reprendre tout contact avec ces gens-là la polluerait.

Les jambes repliées, un coussin serré contre la poitrine, elle balbutie :

— Ils sont fâchés avec moi en ce moment mais ils m'aiment. Je suis leur enfant.

Victor Grandier sort de sa poche un grain de café, le porte à sa bouche, pivote sur sa chaise et lui lance :

— Mais dites-moi, votre grand-mère n'est pas la première personne de votre famille à décéder…

— Non. Et ?

— Votre grand-mère était riche. Votre mère et son mari aussi. Pourtant vous, jusqu'à il y a peu, vous étiez sans le sou… Vous ne trouvez pas ça curieux ?

Elle bredouille de vagues explications. Elle n'avait que quelques mois au décès de son père. Elle ne se souvient pas l'avoir vu ni vivant ni mort. Elle ne parle jamais de lui. A sa majorité, n'ayant pas touché d'argent, elle s'est imaginé qu'il ne lui avait rien laissé. Personne ne lui a dit le contraire. Sa mère et E. ne lui ont toujours donné que le minimum d'argent, pour son bien, afin qu'elle puisse se construire par elle-même.

Victor Grandier s'esclaffe, lève les yeux au ciel, soupire, lui tapote la main, approche son visage du sien. Elle est tout à fait blottie sur la banquette, un bras cachant ses yeux, quand il chuchote à son oreille :

— Mais, dans ce cas, pourquoi pensez-vous donc que, lorsque c'est de votre grand-mère paternelle, c'est-à-dire de la mère de votre propre père, que vous avez enfin hérité, votre mère vous a fait signer un contrat d'assurance-vie où elle s'est désignée comme bénéficiaire acceptante si, d'aventure, vous veniez à décéder ?

Ses yeux tournent de tous côtés. La pluie cogne à la fenêtre. La peau humide, elle cherche de l'air. Victor Grandier la regarde,

désolé. Puis, il lui dit, les larmes perlant doucement au bord des paupières :

— Ma pauvre enfant. Quand on peut se
servir une fois, pourquoi pas deux ? Ouvrez les
yeux. Ils sont persuadés que vous allez mourir
jeune. Oui, mourir très jeune. Comme qui,
hein ? Dites-le ! Car vous le savez, vous ne le
savez que trop : ils n'attendent que ça, ils vous
voient déjà un pied dans la tombe.

Alors, le monde devint immonde.

★

Une porte claque. Des pas se rapprochent.
Des mains, très douces, essuient ses yeux,
épongent son front pendant que d'autres
tiennent le baquet dans lequel sa bouche
crache. L'univers n'a plus de contours ni de
formes. Elle n'est plus qu'un cri nu.

Le violon chanta. C'était un bel air, parfaitement exécuté. Oui, une pièce magnifique,
d'une gaieté folle, qu'elle s'en voulut, la tête
sous le coussin, de ne pas reconnaître, mais
qui, fort heureusement, recouvrit totalement
ses cris de bête.

★

Ce fut le soir.

Quand tout devint noir, elle se tourna vers la silhouette qui se détachait dans l'obscurité et lui dit simplement :

— Aidez-moi.

La chaise de Victor Grandier grinça.

— Vos parents sont de pauvres gens. Comme tous les êtres humains, ils ont leurs faiblesses. Vous devez leur pardonner. L'attachement est un poison. Considérez tout le monde, même le pire des hommes, avec bienveillance et détachement, et vous pardonnerez.

La colère grondait tant dans sa poitrine qu'une telle grandeur d'âme lui parut invraisemblable.

Mais la voix chaude de Victor Grandier lui répondit :

— On peut vivre sans être aimé, croyez-moi. Mais on ne peut pas vivre sans aimer. Le temps y remédiera. Pour vivre, vous pardonnerez.

D'un geste sec, elle s'essuya les yeux puis la bouche et demanda :

— Vous, comment avez-vous fait ?

La voix de velours devint tout à coup plus lointaine et plus rauque comme si Victor Grandier venait d'entrer, seul, dans une nuit qui était la sienne et qu'elle ne voyait pas.

— J'avais dix ans lorsqu'il m'a fallu prendre dans ma vie des mesures radicales et considérer mes parents comme des étrangers, avec la plus grande bienveillance et le plus grand détachement. Depuis ce jour, j'ai décidé de ne poser que des actes justes. Je me suis construit moi-même. Je ne fais aucune différence entre les êtres. J'aime tout le monde d'un amour infini et d'égale manière et cet amour me comble. Je ne dois donc rien à personne. Quand on a mal à un membre, il faut l'amputer. Pour éviter tout conflit et toute souffrance, coupez les ponts avec tous ceux qui ne vous correspondent plus.

Elle se rangea à ses arguments. Il lui promit encore, après sa thérapie, un bonheur immense. Elle progressait à grands pas. Ses amis seraient sûrement jaloux de la voir si changée. Car, lui dit-il, vous savez comment sont les gens. Quels que furent vos petits malheurs, ils trouveront toujours que vous avez bien de la chance. Tournez-vous donc vers les autres mais ne racontez rien de ce qui vous concerne ni le contenu de vos séances. La plupart des individus sont si peu évolués qu'ils ne comprendraient pas et chercheraient à vous ramener dans la médiocrité de votre vie passée. Alors, ne vous livrez pas.

Flattée de pouvoir partager un secret avec Victor Grandier, elle promit de se taire.

★

Le 18 juin 2002, elle avait dépensé trente-deux mille euros.

★

Elle s'assied face à Victor Grandier. Il lui tend un bloc de papier. Elle écrit une lettre à sa famille. Victor Grandier la relit. Il la corrige. Sa mère et E. sont sots et égarés. Elle doit les aimer et prier pour eux. Elle ne prie jamais. Victor Grandier l'incite à le faire désormais quelques minutes chaque jour. Elle prend sur elle, ravale à regret quelques phrases fielleuses, biffe des paragraphes entiers de reproches et écrit simplement :

« Chers parents, Victor Grandier m'a sauvé la vie. Je me sens enfin heureuse ! C'est formidable ! Je suis guérie. Je ne vous remercierai jamais assez de me l'avoir fait rencontrer. Mon existence est transformée. Je pense beaucoup à vous et dois même dire que vous occupez chaque minute de mes pensées. Mais pour l'instant, tant que je n'ai pas consolidé mes acquis, nous ne devons pas nous voir : c'est important pour le succès de cette thérapie. Nous pouvons continuer à nous écrire. Mais il ne faut pas nous téléphoner. Si vous m'aimez vraiment, respectez mon cheminement et mon vœu de silence, pour que nous puissions nous retrouver plus tard, en toute sérénité. Je vous aime. »

IV

Le détachement

Sa thérapie était terminée. Son bienfaiteur avait mis à sac ses dernières illusions. Mais elle avait étranglé ce qui du passé la garrottait. Elle se sentait bien. Légère. Nettoyée.

Pleine de la joie paradoxale et triomphante des endeuillés d'avoir survécu à leurs morts, elle ferma la fenêtre de sa chambre et descendit se promener. Un chant monta d'une église à la porte entrouverte. L'eau des fontaines étincelait. Dans les rues chaque visage croisé lui parut charmant. Elle longea les vestiges d'une ligne de chemin de fer, traversa une avenue et s'arrêta à un carrefour. Devant elle s'étendait un jardin inondé de soleil. Elle s'assit sous un vieil arbre, ôta ses espadrilles, releva son pantalon jusqu'aux mollets. Les couleurs claquaient dans son œil. Les fleurs du jardin étaient d'une beauté merveilleuse. Tout était merveilleux. Elle flottait dans l'immense.

★

Elle revit ses amis. L'argent déferla. Ils profitèrent de ses largesses, la dirent changée, la trouvèrent radieuse. L'été passa. Puis, ce furent les mêmes conversations faisandées, les mêmes ragots obscènes. Ce qui l'avait amusée naguère, voilà qu'elle l'avait en horreur. Tout ce qu'elle avait été la dégoûtait. Elle congédia ses amis, quitta le Splendid, loua un deux-pièces à quelques rues de chez Victor Grandier. L'endroit était tranquille, le loyer modeste. Cela convenait.

Avant de prendre la moindre décision, elle se demandait ce que son thérapeute eût fait à sa place et agissait selon ce qu'elle supposait être ses souhaits. Car sa thérapie avait beau être finie et Victor Grandier en vacances, il lui semblait qu'il était auprès d'elle en permanence.

Elle ne croyait à rien. Elle se mit à prier avec ferveur. Se consacrer aux autres lui parut tout à coup le seul but de l'existence. Elle partagea son repas avec de pauvres gens, s'assit dans la rue à leur côté et se cloîtra dans l'étude, voulant être en tous points la meilleure, la plus pure. Mais son amant lui manquait. Chaque fois qu'elle se regardait dans la glace, elle se figurait qu'un jour O. poserait à nouveau ses mains sur sa peau. L'écart entre ce que nous sommes et ce que nous croyons être est inouï. Elle ne put résister à l'envie d'écrire à son amant pour lui raconter à quel point elle était devenue raisonnable et gentille.

★

Il lui vint une vilaine nausée. Un poids lui pesa sur le cœur. Elle acheta d'autres robes. Elle flottait dans tous ses vêtements. Elle voulut voir plus loin, plus beau. Elle prit des trains, se cacha dans des criques, photographia des maisonnettes pelées, s'assit dans des cafés où il n'y avait pas d'autre femme, se baigna dans le rouge du couchant, courut sous un ciel gouaché de corail dans les vagues froides et laissa le sel déposer sur ses doigts un fin duvet blanc. Elle marcha pieds nus sur les pavés brûlants, se prit de passion pour n'importe qui d'autre, conversa avec des inconnus, ne racontant jamais rien d'elle mais les écoutant tous, examina la texture des peaux, la diversité des visages, avec l'avidité gloutonne du prisonnier qu'on vient de libérer et qui hors de sa cellule voit sa première aurore.

Elle attendit des nouvelles de son amant. Il ne lui en donna pas. Elle espéra encore. En vain. Parfois, dans la rue, elle le voyait. Elle murmurait son prénom. Elle courait. Elle s'arrêtait à sa hauteur. Mais ce n'était pas lui. Ce n'était jamais lui.

Les jours passèrent. La peau de ses pieds se racornit. Son sourire se voila. Un soir, plus rien n'eut de saveur. Elle observa les gens marcher, parler, lever les bras en l'air, traverser des rues, conduire des voitures et s'agiter beaucoup. Les visages gorgés de soleil pâlirent, se creusèrent d'ombres, jusqu'à ne laisser apparaître que des masques. Les yeux fanés, la bouche peinte, elle marcha jusqu'à l'eau pour aller jeter du pain aux oiseaux. Puis elle rentra chez elle, lasse et torpide, préférant ne plus voyager qu'en elle-même, dans l'espace froid de ses souvenirs.

Le camion du garde-meuble arriva rempli des beaux objets de l'héritage. Elle fit mettre la plupart à la cave. Elle ouvrit un carton, en sortit quelques livres, les épousseta, les renifla, les feuilleta.

Entre deux pages, soudain, un cheveu blanc de sa grand-mère.

Ne se décidant pas à le jeter ou à le replacer dans le livre, elle l'avala.

Elle s'assit sur le canapé. Elle se sentit très vieille.

★

Elle revit une fois son mari. Il l'avait quittée pauvre, il la retrouvait riche. Il l'avait jetée dehors sans ménagement, il était tout miel à présent. Lorsque, devant le juge, il lui glissa à l'oreille : «Et tu as hérité de beaucoup d'argent ? », elle lui fit un sourire, les yeux dans les yeux lui dit : « Oui. C'est énorme. »

Et signa les papiers du divorce.

En sortant du tribunal, quand ils se dirent «adieu», chacun eut des raisons de pleurer.

★

On vit les feuilles des arbres se couvrir de jaune. Le long des rues, les écoliers se laissaient traîner, la bouche tordue de larmes, par des mères immenses.

Elle ouvrit le journal. Une annonce retint son attention. Un couple cherchait, pour ses enfants, une aide. On l'embaucha sur-le-champ. Elle informa sa mère et E. par courrier qu'enfin elle avait trouvé du travail. Ils lui répondirent très chaleureusement. Ce n'était pas là un emploi très valorisant, mais c'était un début. Les bienfaits de la thérapie commençaient à se faire sentir : elle se croyait bonne à rien ; elle était devenue bonne d'enfants.

★

Elle téléphona à Victor Grandier pour l'avertir de ce premier succès. Il venait tout juste de rentrer d'un long voyage d'étude à l'étranger et accueillit la nouvelle d'un bravo formidable.

— Vous n'avez pas repris la cigarette ?
— Non.
— Ni les anxiolytiques ?
— Non plus.
— C'est bien. Sinon, comment allez-vous ?

Elle lui avoua que, malgré tout, elle n'arrivait pas à oublier son amant. Victor Grandier la gronda tendrement :

— Il y a tant d'hommes sur terre, et vous avez le choix. Venez me voir aujourd'hui, si vous le voulez, nous bavarderons.

Sa journée de travail était terminée. Elle était en avance au rendez-vous. Elle passa devant une boutique. Cinq minutes plus tard, elle en sortait, une robe longue empaquetée dans du papier de soie.

Victor Grandier se tenait sur le seuil de sa porte. Il s'était teint les sourcils, pommadé les cheveux, et saucissonné dans un costume violet qui camouflait sa bedaine. Elle rit de bon cœur. Il semblait heureux de la revoir. Elle l'était aussi. Elle lui emboîta le pas. Ils allèrent à son bureau. Il s'assit. Alors qu'elle s'apprêtait à faire de même, il lui demanda :
— Qu'avez-vous dans votre sac ?
— Une robe. Une robe pour aller à l'opéra.

Puis brusquement, gagnée par le désespoir, elle soupira. Elle ne comprenait pas pourquoi elle l'avait achetée. Elle était seule. Personne ne l'inviterait jamais à l'opéra. Victor Grandier lui avait promis qu'après la session de trois semaines, plus jamais elle ne serait triste. Pourtant, elle ne pouvait s'empêcher de penser à O. Il lui manquait trop.
Mains ouvertes, paumes tendues vers le

ciel, Victor Grandier lui dit alors, d'une voix
caverneuse qu'elle ne lui connaissait pas :
— Mettez-la.
— Quoi ?
— La robe, mettez-la.
— Tout de suite ?

Elle sortit la robe du sac, se déshabilla,
passa le jupon au-dessus de sa tête, enfila
une manche, puis l'autre, laça le corset de
son mieux et fit bouillonner le taffetas écarlate en corolle autour d'elle. Victor Grandier
la détailla de la tête aux pieds. Un sourire
féroce s'était formé sur ses lèvres.
— Vos cheveux. Détachez-les.

Une cascade de boucles fauve roula sur ses
épaules. Le thérapeute se tassa sur son siège,
le visage soudain tordu par un rictus affreux. Il
n'était plus tout jeune. Elle prit peur, s'approcha de son fauteuil, se pencha vers lui et, sou-
cieuse, lui demanda :
— Qu'avez-vous, Victor ?

Son regard trébucha sur sa gorge. Il leva la
tête. Elle se vit belle dans ses yeux.
Un cri infernal s'échappa du violon. Elle

cacha son visage dans ses mains et recula, dégoûtée. Mais les flammes qui dansaient dans le regard de Victor Grandier la suivirent jusqu'au mur blanc contre lequel elle se terra en bredouillant :

— Vous me regardez…

Victor Grandier secoua ses bajoues. Elle se fourvoyait. Il l'aimait avec un grand « A ». Il ne s'intéressait pas aux « choses du sexe ». Sa femme et lui avaient renoncé aux errances de la chair. Son corps n'était pas arrêté par le plaisir. Il dispensait donc à tous un « amour sans bornes ». Elle était seule et n'avait personne à qui montrer cette robe. Il avait eu pitié. Il l'avait regardée.

Tout en tapotant le taffetas de son jupon, elle bredouilla :

— C'est là une forme d'amour à laquelle j'ai du mal à accéder. Sans doute ne suis-je pas encore assez évoluée.

Le visage de Victor Grandier s'illumina d'un coup. Sa bouche découvrit deux canines pointues :

— Mais moi, je suis votre ami. Je vous

connais et je suis le seul à pouvoir vous comprendre et vous aider. De même que je suis le seul à savoir pourquoi vous avez acheté cette robe juste avant de venir ici, n'est-ce pas ?

Elle se sentit belle et sale.

Les mains sur les accoudoirs de sa chaise, le ventre dégueulant sur ses cuisses, Victor Grandier lui sembla soudain l'*Innocent X* de Francis Bacon. Une goutte de sueur coula le long de sa nuque. Elle voulut partir. Ses jambes ne la suivaient pas.

Le violon rit bizarrement derrière le mur blanc.

Aussitôt, Victor Grandier bondit de son fauteuil et, les prunelles flamboyantes, s'écria :

— J'ai marché devant tous, triste et seul dans ma gloire, Et j'ai dit dans mon cœur : que vouloir à présent ? Pour dormir sur un sein mon front est trop pesant, Ma main laisse l'effroi sur la main qu'elle touche, L'orage est dans ma voix, l'éclair est sur ma bouche.

Il resta immobile, une main sur la poitrine, l'autre tendue vers les nuées. Puis, tout aussi subitement, il sursauta, se composa à nouveau un visage calme, et lui dit, en gobant un grain de café :

— C'est du Vigny. Et ces vers vous vont comme un gant. Vous pouvez remettre vos pantalons.

Elle refusa de se déshabiller devant Victor Grandier mais, penaude, lui avoua qu'elle n'avait pu s'empêcher d'écrire à son amant.

Le thérapeute ne lui fit pas payer la séance. C'était, lui dit-il, une « reprise de contact ». Pour la robe, il ne lui en voulait pas. Ce n'était pas de sa faute. Elle-même l'avait admis : elle n'était pas assez évoluée. Compte tenu de ses faiblesses, il faudrait donc, malheureusement, poursuivre les séances quelques semaines encore.

Elle sautilla à sa suite dans le couloir, les mains soulevant la traîne de son vêtement pour ne pas s'y prendre les pieds, remercia Victor Grandier de toutes ses bontés, et regagna son domicile, sous la lune, en robe écarlate, à travers les rues éclairées de réverbères blancs.

★

Le lendemain, Victor Grandier l'appela et la convoqua à une nouvelle séance. Par trois fois, il lui demanda de renier son amour pour O. Cet homme s'était servi d'elle. Il ne l'avait jamais aimée. Il avait fait usage de son corps d'une façon dégradante pour copuler avec elle comme le font les bêtes. Pourtant, elle lui avait écrit. Elle manquait de courage et semblait toute prête à rester dans ses vices.

Elle se fâche, prétend que Victor Grandier se trompe. Il coasse, dans ce cas prouvez-moi le contraire. Les plus grandes joies sont secrètes. Mais, tout à sa passion, elle s'épanche soudain, détaille de cette liaison le plus intime pour prouver que d'amour véritable il s'agit bien et se consume à lui démontrer qu'il a tort. Sans prononcer un mot, Victor Grandier l'écoute attentivement. Puis, un à un, pour son bien, lui dit-il, il défait tous les souvenirs heureux qu'elle a avec O. Car tout était sale.

Sale, cette chambre dans laquelle son amant et elle avaient l'habitude de se retrouver. Sales, les mots d'amour. Sales, la langue avide, la volupté, son corps souillé de tous côtés.

D'horribles images dégoulinèrent sur ses yeux. Titillée par l'aiguillon de la culpabilité, elle se fit l'effet d'une outre pleine de pus. Certains sont capables du pire pour qu'on leur trouve une belle âme. Elle capitula. Victor

Grandier la complimenta. Dans son agenda, il inscrivit la date du prochain rendez-vous. Elle souriait, la bouche lasse, les yeux fixés vers la fenêtre. Dehors, dans un craquement imperceptible, la feuille d'un arbre se détacha.

★

Le 15 septembre 2002, elle avait dépensé trente-quatre mille cinq cents euros.

★

Les semaines filaient. Ces séances interminables la fatiguaient. L'histoire de la robe l'avait chiffonnée. Elle avait bien songé à ne plus se rendre chez Victor Grandier. Mais il lui avait donné à voir des choses si prodigieuses qu'elle n'avait pas réussi à s'en défaire.

Le monde extérieur ne lui dit plus rien. Elle ne voit plus personne, même ses plus proches amis. Chaque jour, le long des avenues, elle va faire une promenade, toujours la même, mettant ses pas dans les pas de ses chers disparus, puis court se réfugier dans l'espace clos et circulaire du bureau de Victor Grandier. En peu de temps, il lui est devenu indispensable. Elle n'obéit plus qu'à ses injonctions. Hypnotisée par le cri du violon, aspirée par ce qu'elle voit en esprit, elle se transporte, depuis la banquette du thérapeute dans des temps enfouis.

Elle cherche la lumière d'avant l'aube, comme Orphée veut ramener Eurydice du royaume des morts. Ses yeux assoiffés plongent plus loin encore dans les ténèbres, à la recherche de l'image manquante. Ses lèvres avides soufflent sur la poussière qui recouvre l'origine. Les mots deviennent magiques, la pensée se fait pouvoir. Elle s'étourdit dans une lallation ébrieuse, agglomère des phrases. Les visages du passé la hantent. Les jours se succèdent. L'ombre des objets aimés se floute. Le présent se cadavérise. L'hébétude voluptueuse s'estompe. Elle demande à faire une nouvelle séance. Elle veut tout voir, tout savoir. Et court, court encore, après une parole qui nie la perte et le néant, dans le labyrinthe du temps. Car issus de la nuit, nous frottons nos peaux à ce qu'on appelle la vie, puis retournons à la nuit. Nous ne percevons de l'existence qu'une réalité infime. La lumière n'existe que parce qu'il y a de l'ombre. Et nous ne savons rien de la mort.

★

Le 30 octobre 2002, elle avait dépensé quarante-trois mille euros.

★

Le froid vint. Elle ne quitta plus ses habits noirs. Dans les rues, les yeux des hommes assaillirent son esprit d'idées fétides. Elle cherchait un regard qui ne la désirerait pas mais la verrait enfin. Un soir, arrêtée à un carrefour par le chahut qui venait d'une galerie d'art, elle en poussa la porte. Un groupe de gens éméchés caquetait joyeusement au milieu d'œuvres bizarres, dans une odeur de chairs moites et de mauvais vin. Dès qu'elle s'approcha des toiles, le peintre qu'on exposait délaissa son auditoire et tenta de la séduire de la plus grossière manière. Elle aimait ses tableaux. L'homme la révulsa. Dans un coin, se tenait un jeune homme triste. I. ne la regardait pas. Elle apprit qu'il était malade. Il lui plut. Quand il les vit discuter ensemble, le peintre s'étrangla de fureur. Les joues violettes, les prunelles vitreuses, la vareuse maculée de vin, il jura de leur jeter un sort. Elle sortit de la galerie, I. à son bras, en riant aux éclats.

★

Pendant plusieurs semaines, on les vit ensemble dans tout ce que Paris compte de galeries. I. et elle marchaient sous le ciel jaune, un parapluie pour deux. Il commençait une phrase, elle la terminait. On murmurait qu'ils se ressemblaient comme frère et sœur. Elle était résolue à l'aimer. Mais dès qu'il la touchait, elle tremblait et se refusait à lui.

La fièvre le prit. Sa peau se couvrit d'abcès. Elle mit du baume sur ses plaies et lui massa pieds, mains et tête de longues heures. Il respirait faiblement, les cheveux collés au visage. Son corps sec scintillait de sueur. Elle le tint dans ses bras jusqu'à l'aube. Ses yeux criaient de douleur. Elle lui donna à boire l'eau de ses lèvres.

Les douleurs partirent. Puis elles revinrent. Un soir qu'il souffrait encore, elle ouvrit la fenêtre, lança vers le ciel noir :

— Laisse-le, il est faible…

Et murmura des mots terribles, maudissant Dieu pour le sort qui lui était fait.

Elle voulait que I. fût heureux. Elle, elle ne pouvait l'être.

★

Des paquets de pluie tièdes lui giflaient le visage. Une boue glaireuse venue des jardins avait dégringolé de la colline sur laquelle était perché l'immeuble de Victor Grandier, pour rouler sur les trottoirs. Les vêtements trempés, elle pataugea dans les feuilles mortes en râlant, sonna à l'interphone, puis monta les quatre étages. Il lui sembla soudain sentir dans l'escalier humide le parfum de sa mère. La porte d'entrée de l'appartement était entrouverte. Victor Grandier n'était pas là pour l'accueillir mais elle entendit sa voix au loin lui dire, attendez-moi un instant sur le palier. Elle attendit, trempée.

Cinq minutes avaient passé. Victor Grandier n'arrivait pas.

Elle entra dans le vestibule, le chercha des yeux, l'appela. Elle fit quelques pas. L'appela à nouveau. Silence encore. Au moment de s'engager vers le bureau du thérapeute, un rai de lumière l'arrêta. Rongée par la curiosité, elle poussa ce qu'elle avait toujours cru être la porte d'un débarras et tomba sur un autre couloir, rempli de portes. L'appartement était donc bien plus vaste qu'elle ne l'avait imaginé. Mais cette partie-là était meublée de façon très

cossue. Un lustre pendait au plafond. Une ber-
gère tendue de soie grise était posée devant une
autre porte. Etait-ce là la chambre de la violoniste ? Elle avança à pas de loup dans un silence
effrayant. De lourdes tentures bordeaux bor-
daient une fenêtre sous laquelle se trouvait un
vase rempli de fleurs orange. Elle s'approcha
pour les sentir. Elles étaient fausses.

Il lui vint tout à coup à l'esprit une pensée
folle : la violoniste n'existait pas et, chaque
matin, Victor Grandier remontait le mécanisme d'un automate très sophistiqué aux
rouages délicats, qu'il gardait enfermé dans
une chambre. Un frisson funeste lui glaça la
peau. Elle fit quelques pas dans l'ombre. Le
couloir sinueux n'en finissait pas. Le long des
murs couraient des panneaux de bois. Elle en
poussa un. A l'intérieur, sur des étagères, des
dossiers. Des dizaines de dossiers classés par
numéro, avec, écrit entre parenthèses, un nom
sur chacun d'entre eux. Se pouvait-il que ?...
Mais oui, l'un d'eux portait le sien. Un autre,
celui de la fille d'un magnat de l'industrie tex-
tile qui, se souvint-elle, était à l'asile.

Elle s'apprêtait à fouiller dans la chemise
cartonnée quand une main se posa sur son
épaule. Victor Grandier se tenait devant elle,

les yeux furieux, la bouche grondante, l'index pointé vers le sol. Elle avait, avec ses chaussures, taché la belle moquette de boue. Penaude, elle supplia :

— Ne vous fâchez pas !

Il se figea un instant. Ils se regardèrent tous deux. Ils éclatèrent de rire.

Victor Grandier ne lui reprocha pas même d'avoir fouillé dans ses affaires. Elle promit d'oublier ce qu'elle avait vu.

Il ramassa ses vêtements mouillés, quitta son bureau et revint quelques minutes plus tard sans aucune explication.

Il la cajola de paroles sucrées, salua sa rencontre avec I. et lui certifia qu'après sa thérapie elle aurait acquis un savoir suffisant pour pouvoir soigner son ami car, lui dit-il, sa méthode était si puissante qu'elle permettait de guérir les maladies les plus graves sans médicament.

Toute heureuse de tant de bienveillance, elle l'écoutait, pleine d'espoir, enveloppée dans une couverture.

A la fin de la séance, ses habits lui furent rendus secs et sentant le propre. La femme de

Victor Grandier avait eu la délicatesse de les laver et les repasser. Sans même se montrer, elle avait aussi dans le couloir nettoyé toutes les traces de pas.

★

Après cette séance chez Victor Grandier, plusieurs semaines passèrent sans qu'elle le vît. Son travail lui prenait du temps. Elle préférait passer toutes ses soirées avec I. Elle avait donc pris le pli d'écrire presque quotidiennement à son thérapeute, sur son insistance, pour lui raconter ses journées. Il la rappelait ensuite pour lui prodiguer avis et recommandations. Elle s'en remettait entièrement à lui et pour toute chose, y compris les plus triviales, ne prenait aucune décision avant de l'avoir consulté.

Quand, une nuit de décembre, son téléphone sonna et qu'elle se mit à converser avec Victor Grandier, I. se réveilla en sursaut et regarda sa montre : il était à peine quatre heures du matin. Elle n'eut pas le temps de raccrocher que le jeune homme lui demanda des explications. Il ignorait qu'elle était en thérapie. Appeler les gens en pleine nuit, c'était pure folie. Qui était ce thérapeute ? Depuis quand le voyait-elle ?

Elle se souvint de la promesse faite de ne rien raconter de ses séances et tenta de rassurer I. : Victor Grandier lui avait sauvé la vie. Si elle ne se répandait pas sur ses chagrins, c'est qu'elle ne voulait pas encombrer les autres avec son passé. Il l'avait appelée en pleine nuit. Bon, et après, était-ce si grave ?

Elle se coucha contre I. Il râlait. Elle posa un doigt sur ses lèvres. Elle lui prit la main et la mit sur sa poitrine. Ils s'étreignirent.

Le 5 décembre 2002, elle avait dépensé cinquante-trois mille cinq cent quatre-vingts euros.

★

Le soir suivant, à la nuit tombante, la mère de I. vint la trouver. C'était une minuscule Russe, à la peau de lait et au maquillage appuyé, qui, les rares fois où elle ne travaillait pas, concoctait dans un appartement rempli de livres depuis la cuisine jusqu'à la salle de bains, canards à l'orange, caviar d'aubergine, ou bouillons étranges et délicieux pour tous ses amis. Sous l'évier, dans son salon, un peu partout derrière les portes, il y avait, empilés, au milieu d'un bric-à-brac d'objets rares, des coupures de presse, des lettres et des coupons de réduction qu'elle ne jetterait pas. De temps en temps, un rire charmant et discordant sortait subitement de sa bouche. Elle était bonne comme l'est une mère. Et se piquait d'avoir un avis sur tout.

Alors qu'elles allumaient toutes deux les bougies, M. lui confia l'avoir vue en songe, il y a quelques nuits, étendue, le corps sans vie. Blême, elle regarde, une chandelle à la main, cette curieuse visiteuse aux yeux pâles répéter de sa voix de balalaïka :

— On ne se méfie jamais assez du pouvoir de l'esprit.

— Mêlez-vous de vos affaires.

M. lui jeta un coup d'œil de biais. Ses mains s'immobilisèrent en l'air un instant. Puis son beau visage craquelé de sillons s'empourpra : elle avait eu vent par son fils de l'appel nocturne de Victor Grandier. Les gens comme lui n'étaient que des causeurs terribles et des manipulateurs. Rien ne servait de remuer le passé. Il ne fallait dans la vie que compter sur soi-même. Ce thérapeute ne lui apporterait que des ennuis.

Le ton monta. Elles se disputèrent. M. prit congé d'elle et disparut au coin de la rue, happée par la nuit. Mais jusqu'à l'aube, enfouie dans son lit, elle ne put s'empêcher de songer à tout ce que cette femme lui avait dit et se mit à douter.

★

De petits flocons brillaient sous le vent. L'ombre des arbres desséchés dansait sur le mur. Etendus sous une couverture, I. et elle se faisaient des confidences, main dans la main. Adolescent, il avait pris de la drogue. Une nuit les ténèbres étaient rentrées dans son œil. De ce voyage aux Enfers, I. ne s'était jamais totalement remis. Depuis, il souffrait de maux de ventre qui le laissaient en paix puis, sans raison apparente, soudain le tourmentaient à nouveau. Il saignait. Il avait pour se soigner tout essayé. Rien n'avait pu le guérir. Il ne faisait plus confiance à la médecine.

Il porta une grappe de raisin à sa bouche. Le halo de cheveux ébouriffés encadrant la sensualité juvénile de son visage qui dépassait du drap blanc lui donnait, sous la lumière de la veilleuse, l'air du *Bacchus malade* du Caravage. Le vent hurla. Il se redressa et la regarda, les

yeux écarquillés. Elle avait la respiration sif-
flante. Il s'approcha d'elle pour l'embrasser.
Mais elle le repoussa, la bouche grimaçante, le
corps secoué de trépidations affreuses.

— Et qu'a-t-il vu cette nuit-là ? lui demanda
Victor Grandier le lendemain au détour d'une
séance, comme elle lui expliquait, perplexe,
l'étrange crise nerveuse qui la veille au soir
l'avait saisie.

— Il dit qu'il a vu ce qu'il n'aurait pas dû
voir.

Brusquement, Victor Grandier bondit de
son fauteuil comme si un éclair l'avait traversé, et lui dit, l'air lugubre :

— C'est fâcheux, c'est très fâcheux. Et cela
explique bien des choses concernant l'origine
de vos tremblements et la maladie de ce garçon… Je crains qu'il ne soit sous emprise.

Il faisait très sombre. On y voyait de moins
en moins et Victor Grandier s'était obstiné à
ne pas allumer sa lampe de bureau. Elle se
roula en boule sur la banquette et répondit en
cherchant dans la pénombre les petits yeux de
son thérapeute :

— Sous emprise ? Mais puisque je vous dis que c'était une erreur de jeunesse. Il ne touche plus à la drogue.

Une fenêtre s'ouvrit. Un vent brûlant s'engouffra dans la pièce, faisant danser les voilages comme des spectres. L'éclat tranchant de la lune éclaira son corps blanc.

Victor Grandier se tenait hors de son regard. Mais elle entendit sa voix tonner :

— Ma méthode est infaillible. C'est bien ce que je pensais, vous m'en donnez aujourd'hui la preuve : des forces obscures font obstacle à votre travail en séance. Je vous avais pourtant dit de ne pas vous livrer…

Elle jeta des cris de protestation. Elle n'avait parlé de la thérapie à personne. Et tentait chaque jour de sa vie de progresser conformément aux préceptes de Victor Grandier.

Silence.

Elle voulut être plus honnête encore et rapporta au thérapeute les propos de M. et la façon dont ils avaient semé le trouble dans son esprit.

Il ne répondait pas.

Elle l'aperçut soudain, debout, au pied de

la banquette, les yeux liquides et la bouche luisante – un ogre. Il s'approcha d'elle. Son ombre plana sur son corps. Et, d'une voix effroyable, il hurla :

— Satan est entré dans votre maison.

Elle resta muette de stupéfaction. Le pauvre homme était en train de perdre tout bon sens. Elle regarda autour d'elle, apeurée. Et tout en essayant de garder son sang-froid, lui répondit :

— Mais enfin, ces choses-là n'existent pas. Vous m'avez certifié que je ressentais des douleurs dans le corps à cause d'abus vécus dans mon passé. Et maintenant vous êtes en train de me dire que I. m'a collé la poisse et que c'est pour ça que je tremble ?

Pris d'une agitation nerveuse, les narines gonflées, la face rouge, Victor Grandier chuchota, un doigt posé sur la bouche :

— Ne dites pas ces mots, malheureuse ! Il vous faut craindre Dieu et ne pas murmurer contre lui.

Sous l'effet croissant d'une panique absurde, elle bredouilla des excuses puis supplia Victor

Grandier d'arrêter la séance. Mais il lui interdit de se lever. Sa voix fondit sur elle en litanies furieuses. Et, soudain, une décharge électrique lui pinça le pouce. Puis ce fut tout son corps qui fut pris de secousses. Crucifiée de terreur sur la banquette, elle l'implora de se calmer. Mais il ne semblait plus l'entendre et continuait à prêcher, le faciès rigide, les babines retroussées sur d'atroces chicots que jamais auparavant elle n'avait remarqués. C'est Satan qui la faisait trembler de terreur. Satan qui lui ordonnait de s'opposer au bon secours de Victor Grandier, lui qui n'était qu'Amour pour elle.

— Ne savez-vous pas que des messes noires se célèbrent encore sur le ventre des femmes et que le mal grouille dans cette société décadente ? Le charme diabolique de ce garçon vous a séduite. Il a endormi votre vigilance par ses caresses. Nous devons faire la lumière au plus vite sur cette affaire. D'ici là, refusez tout contact charnel avec lui.

Une douleur cuisante lui perça le ventre. Elle regarda Victor Grandier, effarée. Toute vie semblait avoir déserté ses yeux.

★

C'était grotesque. Victor Grandier était sans doute surmené, ses mots avaient dépassé sa pensée, le malheureux travaillait trop et ne s'appartenait plus, dès le lendemain, il se calmerait. Mais les jours suivants, il la rappela sans cesse, rugissant au téléphone qu'il craignait pour sa vie et voulait son bien. Il la réveilla à des heures impossibles, la dérangea à son travail pour la convoquer à de nouvelles séances dès que I. n'était pas auprès d'elle et tissa un réseau de croyances sous lesquelles il l'étouffa.

— Ecoutez-moi bien, il y a trois degrés dans l'emprise démoniaque, lui dit-il. L'homme attaqué par la tentation jouit encore de son libre arbitre mais le démon met tout en œuvre pour le corrompre et l'assujettir en agissant sur ses passions. Vous n'en êtes déjà plus là. Vous êtes la proie d'une obsession démoniaque. Pour le moment, Satan se tient encore en dehors des frontières de votre corps. Mais il a envahi votre esprit d'images importunes et de pensées obsédantes, raison pour laquelle vous vous opposez soudain à mon aide. Les douleurs que vous ressentez m'inquiètent. Le Malin veut vous rentrer dans le corps. Il veut vous posséder entièrement.

Elle n'en crut pas un mot. En peu de temps pourtant, sa mémoire se mit à lui jouer des tours. Elle se sentit faible, prise de maux de tête étranges. Ses sens s'étaient déréglés. Toute lumière lui agressait les yeux. Le soir, des images qui avaient la texture du rêve l'assaillaient. Des voix perdues l'appelaient. Elle fermait les paupières et tombait poings fermés, mâchoires crispées, dans le sommeil des mangeurs d'opium. Elle traversait des montagnes, des lacs ridés de vent, courait dans un long couloir semé d'aspics dont elle tétait le venin liquoreux, puis s'éveillait en sueur, suffocante.

Elle restait assise sur son lit, la bouche béante, posait un pied sur le sol, puis l'autre, regardait sous son lit, scrutait dans la glace ses joues livides, ses lèvres blanches, observait la fissure qui zébrait le mur de sa chambre et lui semblait chaque jour de plus en plus grande.

Elle eut beau se raisonner, ses attaques de panique devinrent de plus en plus fréquentes. Ce fut d'abord une angoisse diffuse mais fugace, comme lorsque le soir on sursaute en entendant un craquement de plancher qui vient d'un appartement inhabité, avant de se rendormir. Puis bientôt, chez elle, dans la rue, au restaurant, des secousses électriques la lancèrent dans le corps, frappant ses mains, ses bras, ses jambes et sa tête qui soudain la pressait violemment, toujours du même côté, comme si on la poussait pour la faire tomber. Elle se mit à avoir peur, en permanence, sans savoir de quoi. Les ombres envahirent les rues. Elle voulut prier. Son esprit se remplit de blasphèmes. Des noms de démons qu'elle n'avait jamais prononcés lui montèrent aux lèvres.

★

Le 12 décembre 2002, elle avait dépensé soixante-deux mille euros.

★

Elle allait se lever lorsque Victor Grandier l'arrêta d'un geste. Elle se mentait à elle-même. Elle esquivait. La séance n'était pas terminée. Il la dévisagea en tortillant entre ses doigts les touffes drues qui sortaient de ses longues oreilles (il pouvait faire cela) et lui dit rudement :

— Le Mal existe. Vous le savez, et depuis longtemps déjà. Plongez, plongez dans les scènes de votre passé pour peut-être y trouver votre salut.

Elle redoubla de terreur, étendit sur la banquette son triste corps, ferma les yeux, retourna en tous sens ses pensées dans sa tête. Et se souvint.

Il y avait au village de B., à deux kilomètres du Château de la mésange, une marchande de pommes qui pissait au milieu des champs comme un homme. On racontait qu'elle savait faire tourner le lait des vaches, préparait pommades et onguents pour les cocus et attirait dans sa cabane les enfants pas sages pour les manger. Les vendredis de pleine lune, on l'avait aperçue dans le cimetière, un lièvre dans chaque main, dansant la gigue. Les femmes qui travaillaient aux cuisines allaient la consulter, notamment, voyons, reprit-elle en suivant des yeux Victor Grandier qui allait et venait dans son bureau, mais oui, elle se le rappelait tout à coup, cette vieille fille aux cheveux paille qu'on écoutait pendant le goûter pester contre une autre sorcière d'un village voisin qui, disait-on, avait rendu nigaud son fermier de mari.

Ecrasée par la perplexité, dos au mur, genoux contre la poitrine, elle raconta qu'au château, les gens du bocage n'étaient pas les seuls à croire à ces idioties. Elle avait grandi dans une famille superstitieuse où l'on craignait le mauvais œil. Ils mettaient partout sous les oreillers, à leur porte et dans leurs affaires, des boules bleues ornées de gros yeux. Sa mère comme sa tante, dès qu'elles se sentaient trahies ou jalousées, couraient chez la cartomancienne et le marabout. Jamais il ne fallait se réjouir de son bonheur à haute voix sans, juste après, cracher par terre ou toucher du bois, par crainte d'attirer le mal sur soi. Dès que la mort frappait l'un d'eux, les autres tremblaient à l'idée d'être le prochain sur la liste. Les maladies, les accidents, les échecs aux examens n'étaient jamais considérés comme le fruit du hasard mais attribués à des maléfices. On n'en parlait jamais mais tous vivaient dans la hantise d'être pris dans les sorts.

La bouche pâteuse, elle avoua que, elle, elle n'avait jamais cru aux bondieuseries ni aux sortilèges de pacotille. Victor Grandier l'interrompit :

— Tout comme il vous semblait invraisemblable que votre famille ait pu se jouer de vous.

A peine prononça-t-il ces mots, qu'une douleur la prit au cœur. Un froid horrible lui traversa le corps. Elle repensa alors à la malédiction du peintre puis se souvint qu'un soir, folle de colère de voir I. souffrir encore, elle avait défié le ciel tout entier. Elle n'eut pas plus tôt dit : « Mais j'étais désespérée de le voir si malade. J'ai dit ça sans y penser. C'était une façon de parler », que Victor Grandier arpentait son bureau, les yeux au ciel, l'écume aux lèvres en s'égosillant :

— Chacun de nos mots nous engage. Vous avez blasphémé.

— Rien ne prouve l'existence ni de Dieu ni du diable.

— Non, lui dit Victor Grandier en tapotant du pied. Mais rien non plus ne prouve le contraire. Vous avez réveillé des forces qui vous dépassent.

Il s'assit de nouveau sur sa chaise. Prostrée sur la banquette, elle vit le cuir brillant des chaussures du thérapeute passer à hauteur de son nez. Le visage de Victor Grandier changea d'expression. Il lui sourit, lui prit la main, et l'invita, d'une voix enjôleuse, dans son intérêt, lui dit-il, à replonger dans ses souvenirs. Il avait pris sur elle un empire absolu. Comme la proie du vampire, dépossédée de toute volonté, se laisse peu à peu vider de son sang, elle lui obéit, docile. Passé et présent s'entrechoquèrent dans sa tête. Elle ne pouvait plus évoquer son château sans le voir se peupler de créatures hideuses. L'allée d'ormes se remplit de pendus. Les statues pleuraient du sang. Le parc se hérissa de piques. Elle vit des cadavres lui sourire. Et tandis que, la voix tremblante, la poitrine pétrifiée dans un invisible carcan, le cœur soudain dur ainsi qu'un caillou, les pieds étrangement contournés en dedans, elle en était à se demander si toutes ces choses n'existaient pas — puisqu'elle n'arrivait pas à s'expliquer les douleurs qui frappaient son corps ; puisque I. semblait croire aux forces du Mal, tout comme ce peintre idiot qui avait prétendu pouvoir les envoûter ; et puisque même Victor Grandier, en qui elle avait toute confiance, et qui souhaitait son bien, y croyait aussi —, il lui souffla :

— Vous trempez là-dedans depuis votre enfance.

Sur le seuil de la porte, la bouche dépassant à peine de son écharpe, elle chuchota :

— Je ne crois pas au diable, mais j'en ai peur.

Alors, lui désignant le feu de ses cheveux, le thérapeute soupira :

— Il est heureux que vous ayez croisé mon chemin pour sauver votre âme. En d'autres temps, on vous aurait traînée au bûcher.

★

Le 26 décembre 2002, elle avait dépensé soixante-dix mille quatre cents euros.

★

Cela arriva peu après Noël. Elle venait de passer une journée fatigante à s'occuper des enfants U. Elle avait nettoyé les sanitaires, donné le bain au cadet, rangé tous les cadeaux dans le salon. Il était tard. Elle prit ses affaires. Le petit garçon la tira par la manche. Il voulait encore jouer avec elle. Il se jeta dans ses bras. Elle sentit sous ses doigts ses chairs souples et tièdes et se crut soudain capable du pire. Elle s'enfuit en courant.

Chez elle, elle trouva un message sur son répondeur. Elle entendit la voix de O. couler dans son oreille. Il avait réfléchi. Il ne pouvait l'oublier. Il souhaitait la revoir. Il serait bientôt à Paris. Elle était brisée.

La brume avait envahi les rues. Le corps

glacé, les cheveux plaqués aux tempes, elle se précipita chez Victor Grandier. Il souleva ses paupières d'un doigt, lui regarda le blanc des yeux, lui demanda de tirer la langue et lui dit :

— Je crains qu'il ne soit trop tard. Satan est sur vous.

La poitrine la brûle, sa tête la lance, son corps s'arc-boute, son tronc se soulève, elle se redresse, s'affaisse sur les genoux, puis se renverse brusquement en arrière. Les joues souillées de larmes, elle implore Victor Grandier. Elle n'a rien fait de mal. Il faut l'aider. Il s'approche de son oreille. Ses lèvres visqueuses lui demandent :

— Aimez-vous O. ?
— Oui.
— Aimez-vous I. ?
— Oui.
— Mais ne dit-on pas qu'en amour la victoire c'est la fuite ? C'est votre vie qui est en jeu. Fuyez, fuyez-les tous deux ! Si par mégarde vous les voyez, vous êtes morte.

Les yeux convulsés, le cou saillant, elle se tient la tête à deux mains, et lutte encore. Puis sa raison l'abandonne.

Elle rentre chez elle.

Elle prend un bain.

Elle sort de l'eau.

Elle se voit dans le miroir.

Elle se trouve jolie.

Son téléphone sonne.

Le numéro de O. s'affiche.

Le ventilateur de sa salle de bains crache des insultes.

Elle plaque ses mains sur ses oreilles mais la voix de Victor Grandier hurle : « C'est votre vie qui est en jeu ! »

Elle regarde autour d'elle. Elle est seule.

Elle tourne la tête vers la baignoire. Le henné qu'elle a appliqué sur ses cheveux a teinté l'eau de sang.

Un poignard invisible la frappe au cœur.

Au bout de ses bras gigotent des mains qui ne sont plus les siennes.

Elle souffle sur le miroir pour en chasser la buée.

Ce qu'elle voit alors dans la glace ne ressemble plus à rien de connu.

Clouée au sol, elle se noie dans l'angoisse.

V

L'enfer

«Car c'est ma faute. Je ne mérite pas cet argent. Je suis leur mauvaise fille. Leur épouse indigne. Leur femme infidèle. Je suis perdue. Je ne suis plus maître de mon intelligence ni de ma volonté. Le diable prend mon corps. »

Elle rampe hors de la salle de bains comme un cancrelat. Le soir, I. la trouve en nage, la bouche blanche d'écume. Elle le supplie. Il faut quitter Paris au plus vite. Le lendemain, ils partent pour Malte.

Ils débarquent à la Valette. Dans le port, des yeux peints sur les barques multicolores la fixent et la jugent. Des maisons galeuses aux portes béantes comme des bouches de cratère crachent une odeur d'urine et de café qui la prend à la gorge. D'une cabine téléphonique rouge s'échappe une sonnerie stridente. Dans le hall de l'hôtel, deux vieilles – l'une, blonde, en robe blanche, admirant dans un miroir de poche que lui tend l'autre (très brune et velue, les orbites creusées, coiffée d'une mantille noire et grenat) sa face édentée encadrée de riches pendants d'oreilles – bêlent à son oreille *Que tal ?*

Elle se couche dans un état d'agitation extrême, mais ne trouve pas le sommeil. Les murs de sa chambre sont un cercueil. Ses dents claquent sans pouvoir s'arrêter. I. la prend dans ses bras et tente de la calmer. Mais les mains du jeune homme sont devenues des griffes triturant son crâne. Elle le repousse avec une telle vigueur qu'il se retrouve à terre. La poitrine la brûle. Des mouettes lacèrent le paysage. Les vitres tremblent. Le ciel flamboie. Subitement, elle voit un double d'elle se lever du lit et se jeter par la fenêtre le corps dévoré de flammes.

★

Blottie sous le lavabo de la salle de bains, elle appelle Victor Grandier en cachette. Elle veut se rendre à l'hôpital. Il le lui interdit. On l'y enfermerait à vie. Il ne faudrait évidemment pas compter sur sa famille pour l'en sortir. Cela ne pourrait que les arranger.

Victor Grandier lui interdit de raconter ce qui l'agite en secret. Ni à I., ni à sa mère, ni à ses amis. Il est, lui dit-il, le seul à pouvoir l'aider et à pouvoir la guérir. Elle avait désobéi à ses consignes. Elle avait écrit à O., refusait de se séparer de I. Elle en payait le prix.

Persuadée qu'elle est vraiment perdue, elle regagne sa chambre, la bouche couturée par la terreur, brisée par l'épuisement.

Etendu dans la pénombre, I. dort comme un enfant. Elle lui trouve la beauté du diable.

Il était jeune. Il était fragile. Il luttait contre ses propres démons. Il ne put rien pour elle.

★

Ils parcoururent Malte sous l'œil sanglant du soleil. Elle marcha à côté de son corps, sans nulle fatigue, pendant des kilomètres. Ils s'enfoncèrent dans les plis des rues nues. Aux clôtures des maisons pendaient des gousses d'ail et des yeux de céramique. Ils longèrent des fermes, descendirent une rue en escalier, arrivèrent à un carrefour. Trois chemins s'ouvraient à eux. De grands oiseaux bruns tournoyaient dans les airs. Elle courut au milieu des blés sous le ciel fracassé de nuages. Sa tête lui faisait l'effet d'un gigantesque ballon au bout d'une ficelle. Des bras bougeaient de part et d'autre de ses épaules. Ces bras n'étaient plus ses bras. Elle les pinça. Elle ne sentit rien.

★

Vingt-cinq ans défilent sous ses paupières. Elle voit flotter tous les temps ensemble en une frise infernale, contemple chacune de ses fautes et se sent une épave. Le passé grignote le présent. Les morts s'entassent sur les vivants. Entre elle et chaque paysage, chaque objet et même chaque visage, sur lequel elle pose son regard affolé, s'est intercalé un écran transparent où se meuvent en un incessant cauchemar des fantômes en grisaille.

Les gens sont posés sur un décor de théâtre lisse et brillant. Le monde est un songe. Sa peau pend comme une enveloppe vide. La nuit éternelle ronge sa poitrine. Un minuscule coin de son esprit, resté lucide, commente chacune de ses déconvenues. Elle s'y recroqueville.

★

I. la conduit à la Valette admirer les Caravage. Quand ils franchissent le hall dallé de noir et de blanc de la cathédrale Saint-Jean, elle se voit dans son château. Les bustes des statues brillent. Une tête de plâtre pleure. La voix cristalline d'un enfant s'élève dans la nef. Autour d'eux, les ténèbres luttent avec la lumière. Des anges sourient, bouches cousues et mains jointes.

Ils s'arrêtent devant une *Décollation de saint Jean Baptiste*. Elle regarde le martyre égorgé, le bourreau avec son poignard, Salomé tendant le bassin pour recevoir la tête, les deux prisonniers, derrière une grille, assistant, impuissants, à l'exécution, la signature rouge sang du peintre comme s'il avait trempé sa plume dans le cou de Jean Baptiste.

Elle les reconnaît. Tous.

Sa mère.

Son beau-père.

Et I., le pauvre I. et sa mère...

Et elle. Elle, les bras en croix, suffocante, le visage frappé de lumière rose, la tête en arrière, dans sa tunique blanche, prise au piège de la toile d'un peintre fou.

Elle porte les mains à sa gorge.

Elle tombe sur le sol.

★

Ils regagnèrent Paris en hâte. Le vol, qui devait faire une escale à Francfort, fut détourné pour une raison inconnue. On leur annonça qu'il fallait se poser d'urgence à Nuremberg. En entendant le nom de la ville maudite, elle se mit à trembler, émit des gargouillis inarticulés, se battit la poitrine et sitôt l'avion atterri, demanda à en descendre, abandonnant là ses bagages.

Ils trouvèrent une correspondance à la gare. Le train quitta Nuremberg sous des tourbillons de neige. Ils traversèrent des forêts envahies de brouillard. Le ciel devint blanc. Bientôt, ils ne distinguèrent plus rien du paysage. On n'entendait plus que le hurlement du vent, cognant par rafales, contre les vitres de ce train, qui glissait vers Paris, dans une blancheur molle.

En pleine nuit, il lui vint tout à coup des désirs si violents qu'elle retroussa ses jupes, ondoya comme un serpent, et avec une voix effrayante implora I. de la prendre. Elle le vit s'abîmer dans son corps et jouir d'elle. Un rire de goule sortit de sa bouche. Puis, dans un spasme, elle s'endormit.

Le lendemain, les journaux indiquaient qu'un déséquilibré avait volé un petit avion de tourisme à l'aéroport de Francfort et s'était amusé à tourner au-dessus du quartier des affaires. Cet incident avait contraint l'ensemble des vols programmés sur cette ville à être détournés, par mesure de sécurité. Victor Grandier ne lisait jamais la presse. Il n'en voulut rien savoir. Il vit dans ce détournement l'œuvre du diable.

★

La mère n'avait rien dit à personne. Quand elle allait chez le boucher, et qu'il lui demandait des nouvelles de son aînée, elle marquait toujours un temps d'hésitation, puis susurrait :
— Toujours heureuse, toujours mariée.

Le boucher la félicitait. La mère payait, son sourire plaqué sur son visage de cire. Elle ouvrait la porte du magasin, marchait le dos bien droit, saluait le pharmacien, complimentait l'épicier pour son étal de fruits.
Elle attendait d'avoir tourné au coin de la rue pour pleurer. Elle s'arrêtait sur un banc. Elle écoutait le vent dans les platanes. Elle regardait le ciel. Et plus loin encore. Elle se répétait, c'est pour son bien.

Parfois, elle avait envie de changer de commerçants pour éviter d'avouer : ma fille a divorcé. Mais qu'aurait dit d'elle le boucher si du jour au lendemain elle n'était plus venue le voir ?

La mère mentait donc. Ce n'était pas sa faute. Elle tenait debout cramponnée à son image. Il y avait eu trop de chagrins, trop de peines. Elle s'était remariée avec un homme qui pensait à sa place. Elle, elle pouvait tout aussi bien dire un mot ou un autre. C'était sans importance.

★

Certaines personnes ont une sainte horreur des hôpitaux. I. et M. étaient de ceux qui se montrent toujours suspicieux face à la médecine. Il ne leur vint donc pas à l'idée de la conduire chez un psychiatre. Ils lui firent garder la chambre, lui donnèrent à boire tisanes et délicieux bouillons, et la supplièrent de ne plus aller chez Victor Grandier. Sur ses conseils, elle leur mentit : depuis longtemps déjà, elle ne le voyait plus. Ils insistèrent pour qu'elle se réconciliât avec sa famille. Les mots de Victor Grandier envahirent sa bouche. Elle menaça I. de rompre. Ni lui ni sa mère ne l'interrogèrent plus sur les causes de cette brouille. I. la quittait le matin alitée. Il la retrouvait le soir à la même place. Il ne cherchait pas à savoir ce qu'elle faisait de ses journées.

★

Les séances se poursuivirent donc à une cadence infernale. Victor Grandier la fit plonger dans l'enfer d'un discours sans fin. Elle déserta son travail du jour au lendemain, sans explication. On chercha à la joindre. Elle ne répondit pas. Son téléphone sonna encore. Puis il ne sonna plus. Elle maigrit. Victor Grandier lui conseilla de manger davantage pour mieux lutter contre Satan. Elle mangea donc. Mais il lui conseilla alors de se méfier de la cuisine de M. et de vérifier si lorsqu'elles se voyaient toutes deux, cette femme ne fouillait pas dans la poubelle de sa salle de bains pour dérober les serviettes contenant, dit-il, le « sang de ses menstrues ». Elle ne saigna plus. Victor Grandier lui glissa alors qu'il se pouvait qu'elle fût enceinte du démon puisqu'elle avait enfreint ses recommandations et continuait à coucher avec I. Elle pria une journée entière sans discontinuer. Le soir même son sang coula. Epouvantée, elle y vit la preuve que

Victor Grandier disait la vérité. Elle trouva que les mets que I. et sa mère lui préparaient sentaient la pourriture mais se mit à boire de grosses quantités de lait chaud sucré. Elle ne se lavait plus ni ne se regardait dans la glace. Dans sa chambre, elle avait recouvert tous les miroirs.

★

Elle appela L., l'ami de sa mère et de son beau-père qui leur avait présenté Victor Grandier. Il était gestionnaire de patrimoine et s'occupait de son argent, depuis qu'elle avait hérité, et de celui de quelques autres personnes du riche cercle d'amis de sa famille. Elle lui demanda de faire, pour elle, de nouveaux rachats partiels sur ses contrats pour approvisionner son compte courant. Il s'exécuta de bonne grâce sans lui poser aucune question. La banque finit par s'inquiéter de tous ces mouvements d'argent. L. s'employa à les rassurer. C'était une si bonne cliente.

★

Le 15 février 2003, elle avait dépensé cent quarante-cinq mille euros.

★

Elle vendit le canapé blanc et quelques tableaux. L'appartement était de toute façon trop encombré.

★

Puis, elle vendit une bague.

★

Elle fit don de vêtements qu'elle ne mettait plus.

★

Convaincue d'être déjà condamnée de Dieu, elle parla de se suicider pour rejoindre ceux qu'elle aimait. Elle rédigea son testament. Elle léguait tout à I.

Victor Grandier lui dit alors qu'il n'était pas sûr qu'elle pût retrouver qui que ce fût dans l'autre monde en se suicidant. Il tenta de l'apaiser. Il se montra à nouveau doux et bienveillant. Il loua son courage, l'assura de son soutien, lui promit une existence riche et pleine une fois qu'elle aurait traversé sa peur et la prit dans ses bras très chastement. Elle mangea à nouveau. Elle reprit espoir. Il l'agonit à

nouveau de reproches et lui écorcha la poitrine
de mots redoutables. I. était un diable. Elle
devait le quitter au plus vite. Victor Grandier
partit en vacances. Elle l'appela. Les conversations duraient parfois plusieurs heures. Il lui
lisait au téléphone des poésies et lui faisait
répéter des prières de délivrance. Il fallait
qu'elle reprît des forces pour qu'il pût encore
jouir de l'anéantir.

★

Elle sortit de l'humanité alors même qu'il
lui semblait n'avoir jamais été aussi près de la
vérité de ce que nous sommes tous. Elle se
taisait mais était attentive à chacun. On la
trouva soudain très sage. Quand les gens parlaient, elle voyait les os qui soutenaient leur
peau.

★

Cinq mois passèrent.
Elle ne mourait pas.

★

Victor Grandier lui ordonna de prendre
rendez-vous, avec I., chez un exorciste. Il lui
dit :

— Je ne fais qu'examiner avec vous toutes les hypothèses. Et les faits sont là, vous êtes obsédée par Satan. Je ne vois pas ce qui pourrait autrement expliquer votre état puisque vous suivez ma méthode scrupuleusement et que ma méthode est parfaite. Si I. refuse ce rendez-vous, nous y verrons la preuve qu'il est un agent du diable.

Elle ignorait que l'exorcisme pût se pratiquer encore. Victor Grandier lui apprit qu'il y avait dans chaque diocèse un ministre de l'Eglise affecté à cette fonction.

Le soir même, elle pria I. de l'y accompagner. Il se fâcha. Elle se cabra et menaça de le quitter. Il la supplia de rester à ses côtés. Il vint à nouveau passer du temps chez elle. Il s'endormit en la serrant dans ses bras. Elle regardait sa nuque tendre et blanche. Elle lutta pour ne pas l'étrangler.

Victor Grandier lui vendit pour vingt euros un fascicule de prières évangélistes. Il lui fit répéter des litanies chaque jour. Elle se mit à prier le Christ et le Saint-Esprit, se signant sitôt qu'il lui venait une mauvaise pensée et passa ses journées dans les églises. Horrifié, I. céda à son caprice.

*

Ils s'engouffrèrent dans une ruelle du Quartier latin, passèrent un porche bleu, traversèrent une cour intérieure, montèrent des escaliers, sonnèrent à une porte. Une religieuse leur ouvrit. Elle leur fit signe de patienter. Ils s'assirent. Dans la pièce sombre, ils croisèrent le regard d'une femme dont les cheveux bouclaient en nid de serpents sur la tête. Ils se blottirent l'un contre l'autre.

Le prêtre apparut au bout du couloir. Ils se levèrent. Ils le saluèrent. Ils le suivirent dans son bureau et se placèrent tous deux face à lui.

Elle rassembla ses forces pour tenter de parler malgré le flot d'images nauséabondes qui l'assaillaient. Elle peina à raconter son histoire. Elle força I. à dépeindre ce qu'il avait vu, adolescent, en prenant de la drogue, et ses maux de ventre. Puis elle conta sa terreur croissante, les douleurs atroces qui la traversaient et les obsessions qui la tourmentaient. Elle était piégée dans un corps qu'elle ne reconnaissait pas. Elle cherchait à savoir si son ami était le jouet de forces obscures et s'il était possible que le mal qui l'atteignait pût avoir un quelconque effet sur elle. Elle avoua qu'elle avait, il y a quelques nuits, songé à l'étrangler.

I. l'écoutait, effondré comme on réalise soudain que celui qu'on aime, on ne le connaît pas. Dressée depuis l'enfance à dissimuler ses peines, elle n'avait pas dérogé à la règle. Aveuglé par ses fêlures, il ne s'était pas rendu compte de l'étendue de la détresse de son amie.

Le prêtre tenta de les rassurer. La drogue qu'avait prise I. dans sa jeunesse produit de tels ravages qu'il n'était pas étonnant que le jeune homme eût pu voir le démon. Puis il se tourna vers elle.

Avait-elle songé à voir quelqu'un pour en parler ? Elle répondit que c'était son thérapeute lui-même qui l'avait envoyé ici. I. tapa du poing sur la table. Ainsi donc, elle voyait toujours Victor Grandier. Le prêtre n'insista pas. Il enjoignit au jeune homme de se calmer. Puis, se tournant vers elle, il lui demanda :

— Avez-vous connaissance de choses qui d'ordinaire sont cachées aux hommes ?

Elle répond oui. A toute heure, elle voit dans sa tête en un flot continu ce que d'ordinaire on ne peut voir.

Il répliqua :

— Avez-vous en quelque occasion fait preuve d'une force redoutable ?

Elle hoche la tête. Sur l'île de Malte, elle a marché des kilomètres sans fatigue aucune et repoussé I. avec une vigueur inouïe.

Il renchérit :

— Avez-vous une aversion viscérale pour le nom de Jésus-Christ, de la Vierge Marie et de Dieu ?

Elle répond oui. Blasphèmes et mots abominables éprouvent son âme de jour comme de nuit.

Le prêtre lui fit un sourire aimable. Elle eut envie de le rouer de coups et le lui dit. Il souriait toujours. Elle vit en esprit une limace sortir de sa bouche.

Il lui demanda enfin :

— Parlez-vous en langues ?

Elle répond qu'elle sait un peu de latin et de grec ancien.

Le prêtre ne put s'empêcher de rire. Il ne lui sembla pas utile de pratiquer un exorcisme.

Il leur désigna une petite table sur laquelle était posée un fatras d'objets de toutes tailles : soldats de plomb, statuettes de bronze ou de plastique, médaillons d'or, poupées de porcelaine, vieilles bagues poussiéreuses côtoyaient poteries ébréchées, nains de jardin, mèches de cheveux dans des camées, et billes en terre cuite.

Il leur dit :

— Ce sont là des babioles que des gens m'ont confiées en pensant que ces objets étaient chargés d'une puissance démoniaque. Car les sentiments haineux que les gens ont en eux et qu'ils ne peuvent admettre, ils les projettent dans des objets, et craignent en retour d'être attaqués par eux. Si vous faites une thérapie, sans doute devez-vous savoir ces choses-là. Moi, je le sais, car j'ai été en analyse pendant dix ans.

I. riait jaune :

— Vous, un prêtre ? Faire une analyse ?

— Je ne vois pas en quoi c'est incompatible. J'avais une phobie des chiens.

Elle grogna, les babines retroussées. Le prêtre essuya ses lunettes. Il tenta de l'apaiser de son mieux. Il était étonné qu'elle connût la différence entre tentation, obsession et possession. Il la félicita pour ses connaissances, mais

156

0 of otNERTODO

lui dit qu'il n'y avait guère que les intégristes, certains évangélistes fantasques et les héritiers de l'Inquisition pour se référer encore au rituel de 1614.

Il ajouta :

— Sachez, pour votre gouverne, que depuis le rituel de 1999, nous ne parlons plus de possession. Car, si je peux posséder des choses, je ne peux posséder quelqu'un. Vous comprenez, n'est-ce pas ?

Elle ne répondit rien.

Il insista :

— Les démons sont des désirs mauvais que vous ne pouvez admettre. Ce qui vous possède, ce n'est pas le diable, mais des désirs que vous diabolisez. Nous ne pouvons jamais être à cent pour cent dans la lumière. Nous avons tous notre part de ténèbres, qu'il nous faut accepter.

Le prêtre se leva, les mains tendues en avant. Il les posa sur sa tête et sur celle de I. Ils s'agenouillèrent. Il les bénit.

Le lendemain, elle s'en fut raconter les propos de l'exorciste à Victor Grandier. Il l'écouta attentivement, pendant qu'elle détaillait, étendue sur la banquette, la rencontre avec le prêtre et lui dit :

— L'attitude de I., qui a choisi de vous accompagner, annule le mal qui le rongeait. Le démon a quitté son corps au moment même où il a franchi la porte de l'exorciste. C'est pour cela que ce prêtre, au demeurant peu avisé, n'a rien vu. I. a fait preuve de sagesse en allant avec vous à ce rendez-vous. Vous pouvez donc rester avec lui.

Elle poussa des petits cris de joie. Mais soudain, Victor Grandier ajouta, d'un murmure rauque :

— Mais, pour ce qui est de votre cas, c'est autre chose. Quand le Malin quitte un corps, il en choisit souvent un autre. Et si vous êtes, comme le dit ce prêtre, tourmentée, c'est entièrement de votre faute. C'est parce que, le Mal, vous avez bien voulu le laisser rentrer. Vous avez commis une faute. Il nous la faut trouver.

Le violon hurla. Sa tête de pourceau éclairée par le soleil de midi, Victor Grandier détacha du mur le petit crucifix de bois.

★

Parfois pourtant, Victor Grandier et elle passaient de bons moments ensemble.

★

Chaque jour, elle tremble, suffoque, tantôt une angoisse sans fond la submerge, parfois une rage immense la prend à la poitrine et lui donne envie de tuer. Ses amis la réclament. Elle les fuit. Quand elle songe à sa mère et à son beau-père, elle les voit pendus. Dès qu'elle le peut, elle se rend chez Victor Grandier. Elle se calme. Une nouvelle crise la prend en fin d'après-midi.

Dans les dîners où I. la traîne, elle ne touche pas son assiette et reste le regard obstinément fixé sur la fenêtre. Dès qu'elle voit un couteau, elle craint de blesser quelqu'un. L'effroi que nous ressentons parfois, un instant, en croisant notre reflet dans la glace, de n'être rien qu'un masque flottant posé sur un pantin creux, la broie en permanence.

On envie le bonheur, le chagrin nous ennuie. A bas bruits quelqu'un agonise. Un instant, on entrevoit le gouffre dans ses yeux.

Puis on détourne la tête et on oublie. Elle ne faisait jamais état de son mal. On finit par la croire taciturne et de fort mauvaise composition. On ne l'invita plus.

★

Le 15 juillet 2003, elle avait dépensé cent quatre-vingt-quatre mille euros.

★

Elle demanda à I. de sortir désormais sans elle. Il s'y résigna. A nouveau, elle lui promit de ne plus voir Victor Grandier. Un voyage contraignit le jeune homme à partir pour l'Italie. Il la laissa à regret. Elle fut soulagée de le savoir au loin.

Paris fut la proie d'une canicule horrible. Elle marcha, seule, dans des crevasses bordant des lacs de sang. Des gens dansaient dans les fontaines, riaient aux terrasses des cafés. Tous semblaient heureux. Elle, elle rôtissait.

★

Le soleil grésille. Le cœur dévoré d'un feu noir et la langue sèche, elle erre dans la ville, des journées entières, comme un cadavre halluciné. A certains moments, il lui semble être invisible. A d'autres, que la rue parle contre elle. Les gargouilles de Notre-Dame ricanent. Place du Châtelet, des sphinx crachent de la boue. Rue de Turbigo, une femme de pierre aux ailes immenses, une bourse à la main, la suit de ses yeux morts. Près du métro Malesherbes, au coin d'une façade, elle voit deux rats grignoter un mur. Où qu'elle aille, le ciel immense la regarde, la juge, la condamne.

Elle trouve par terre un billet de dix euros, ne sait que faire de cet argent, se sent couverte de honte et court à nouveau chez Victor Grandier.

★

L'automne arriva. Elle ne mourait pas.

★

Victor Grandier lui fit rédiger des listes sur deux colonnes pour qu'elle pût constater l'étendue de ses progrès.

Elle était naguère désordonnée. Elle était devenue méticuleuse à l'extrême.

Elle avait été poltronne. Elle se montrait d'un courage exemplaire.

Elle avait trop aimé son image. Elle ne se regardait plus jamais dans la glace.

Elle avait été égoïste. Elle était, par amour, devenue la proie de ce dont elle avait délivré I.

Pénétrée d'effroi, elle reconnut que Victor Grandier disait vrai : elle s'était sans aucun doute métamorphosée.

Il l'invita ensuite à énumérer chacune de ses souillures. Elle finit par lui avouer que pendant ses trois premières semaines de thérapie, il lui était arrivé, au Splendid, de lire ou de prendre un café chaud et une biscotte avant ses séances.

A ces mots, les pupilles dilatées, l'œil verdâtre, Victor Grandier glapit :

— La voilà la faute, l'erreur fatale qui vous coûte à présent tous vos tourments, vous n'avez pas respecté le protocole, vous me l'avez caché, vous m'avez menti, vous avez lu, vous avez bu, vous avez mangé ! Vous n'avez pas été à la pointe de vous-même ! Pas étonnant que le travail n'ait pas pu se faire correctement. Vous êtes entièrement responsable de l'état dans lequel vous êtes à présent. Vous étiez libre ou non de suivre mes consignes à la lettre. Vous ne les avez pas respectées. Vous avez désobéi ! Vous en payez aujourd'hui le prix. Le beau travail que nous devions faire ensemble, vous l'avez gâché !

Elle l'entend la déchiqueter pour quelques biscottes.

Il se lance ensuite dans une diatribe contre l'absurdité des lois humaines. Elle l'écoute casser de sa bouche toutes limites entre les êtres et les choses et l'observe en silence, sur sa chaise, trépigner comme un vieux bébé hideux.

Il continue à râler : elle n'a pas photocopié les derniers comptes rendus de sa séance. Ce n'est pas sérieux.

Elle souffle, terrorisée, que le magasin est fermé le dimanche.

Il lève un sourcil :

— Eh bien vous n'aviez qu'à aller au Drugstore, à Opéra.

Elle tressaille : ce magasin n'existe plus depuis des années.

Elle détaille la pièce autour d'elle. Vide. Laide. Terrifiante.

Elle regarde les fleurs au balcon de la fenêtre. Elles aussi sont fausses.

Tout est faux.

Elle se redresse sur la banquette et se voit pâle, étendue, le corps sans vie.

Elle se rappelle les paroles de la mère de I.

Un déclic se fait dans sa tête.

Sa propre famille l'a livrée à un malade.

★

Assise sur la banquette face à Victor Grandier, elle murmure :

— Vous m'avez menti.

Il la regarde, la lippe molle.

Elle répète :

— C'est vous ! C'est vous qui m'avez mise dans cet état ! Vous avez mis des choses fausses dans ma tête.

— Comment ? Mais je n'ai fait que retraduire vos inquiétudes à vous concernant certaines zones d'ombre de votre enfance. Je ne me trompe jamais.

— Nul être humain n'est parfait. Ça n'existe pas.

— Ma méthode est parfaite et je suis ma méthode.

Elle reste pétrifiée, les cheveux couvrant la poitrine. Seuls ses yeux apeurés bougent pour suivre Victor Grandier qui, pris de fureur, arpente la pièce de long en large et l'accable de reproches.

— Je me suis sacrifié pour vous. Je vous ai accordé tout mon temps. Je vous ai écoutée jour et nuit et voilà comment vous me remerciez ! En m'insultant ? Partez !

Le téléphone sonne. Il attend. Il se lève. Il va jusqu'à son bureau. Il actionne son répondeur. Il lui fait entendre la voix fraîche d'une femme qui réclame un rendez-vous au plus vite. Il rugit, les yeux fous :

— Votre temps est passé. Vous entendez ? J'ai à présent d'autres patients prioritaires. Partez, je ne vous retiens pas.

★

Elle en vint à douter de tout. Même de son existence.

★

«Je ne suis plus rien. Je suis morte mais sans être enterrée. Il n'y a ni médecin ni médicament pour me guérir. Je flotte dans un désert infernal où tous les gens sont des fantômes. Tout est mensonge, farce et simulacre. Tout ce qui existe n'existe pas. Je suis damnée. »

Barricadée dans son appartement, elle tente de joindre I. mais tombe sur son répondeur. Elle n'a personne d'autre à qui confier pareille folie. Personne ne la croirait. Terrée derrière un rideau, lumière éteinte, elle se vide, tout tangue, les murs se resserrent, le plancher bouge, penche, enfle, cloque, elle se disloque dans une tempête de mots, écrit de sa main des feuillets en continu, puis tout devient chaos.

Elle prie, appelle Dieu à hauts cris, se sent traversée de part en part par la beauté terrible de l'univers, une suavité l'inonde, elle consent à l'amour de son abjection. On lui envoie ces épreuves. C'est là une grâce. Elle finit par composer le numéro de Victor Grandier pour implorer son pardon.

★

Il ne décrocha pas. Elle resta prostrée des heures entières, sur le sol.

★

Son téléphone sonne. Au bout du fil, une énorme bouche vomit :

— Ma femme donne un concert ce soir et vous m'avez dérangé en faisant sonner mon appareil à répétition dans un moment important pour moi et cela me coûte de vous rappeler alors qu'elle a besoin de la plus grande concentration. Ce désagrément, vous me le paierez.

Elle supplie Victor Grandier de la recevoir dès que possible. Il consent à lui accorder une nouvelle série de séances trois semaines plus tard. Elle lui dit ne pas pouvoir tenir jusque-là.

Il tonne :

— Priez !

Et pendant qu'elle tremblait de terreur sur le parquet de son salon, à quelques kilomètres de là, elle l'ignorait alors, dans une charmante chapelle décorée de fleurs, sa mère et E., et d'autres encore, écoutaient religieusement, en fermant les yeux, les premiers accords d'une sonate parfaitement exécutée par la femme de Victor Grandier.

★

On ne se tue pas quand on est déjà mort.

★

Quand Victor Grandier lui ouvrit la porte, elle eut peine à le reconnaître : il était plus rose et fripé qu'un nourrisson.

Elle ôta ses vêtements. Ses jambes et ses bras lui semblèrent des branches d'arbre immenses. On lui avait rongé le cœur. Il ne lui restait plus que les yeux et les os.

Victor Grandier pleurnichait de rage : elle n'avait pas amené d'argent pour payer sa séance. Elle éclata de rire : elle avait dépensé deux cent trente-huit mille euros en thérapie chez lui.

Il lui suggéra de mettre sa montre en hypothèque.

— Mais oui, glissa-t-il en s'approchant du corps étendu sur le drap blanc. Votre montre, j'y pense, car je vois qu'aujourd'hui vous avez oublié de l'enlever. Décidément, vous ne respectez rien.

Elle regarda le bijou qui flottait au bras posé sur la banquette.

Elle aperçut une image se refléter dans le miroir du cadran.

Un sourire cisailla ses lèvres.

Il y eut un coup de tonnerre.

Elle entendit les bords du monde s'écarter en grondant.

La bouche ouverte sur son ultime râle, les yeux tournés en elle-même et vers la fenêtre, la pensée lui vint qu'elle n'avait pas dit au revoir à I. et qu'elle n'avait pas de lait pour le soir. Et, transpercée de joie, elle cria, en palpant les os de ses pommettes et le cartilage de son nez :

— Ça y est, Papa, je te vois ! Je te vois !

★

Des jambes la portèrent jusqu'au quartier du Gros Caillou. Une cloche sonna. L'asphalte se fendilla. Des bras sortirent de terre pour la prendre. Le ciel cracha des torrents de sang. Sa tête s'inclina. Une voix retentit dans ses oreilles.

Sur le trottoir d'en face, elle l'entend soudain, ignorante sublime flottant au-dessus des visions de son cerveau malade, reine des neiges emmitouflée dans un épais manteau de fourrure, appeler le labrador. Sa mère.

Elle veut crier son nom. Mais aucun son ne sort de sa bouche.

Le labrador tire sur sa laisse, jappe dans sa direction, remue la queue. La mère se retourne. Elle aperçoit au loin une ombre noire. Elle court vers sa fille.

De très, très loin, comme au bout d'un long tunnel, elle entend sa mère hurler, ma petite fille, mais comme tu es pâle, mais qu'est-ce que tu as, ma chérie qu'est-ce qui ne va pas, réponds-moi, c'est maman.

En un an et demi, elles ne s'étaient jamais croisées. Paris est vaste. Il y avait une chance infime pour que cela arrivât ce jour-là. Elle avait résolu d'aller jusqu'à la Seine pour s'y noyer peut-être.

Sur le chemin, elle reconnut la voix de sa mère à cette façon qu'elle a de siffler le chien.

★

On la coucha. On lui donna à manger. Elle ne parlait pas. I. et M. accoururent. Les familles se rencontrèrent. Les langues se délièrent. La mère raconta. Il y a deux ans, à un dîner chez les L., on l'avait placée à côté de

Victor Grandier. Quand, pour faire la conversation, elle lui avait demandé ce qu'il faisait
dans la vie, il avait dit soigner de pauvres âmes
venues du monde entier, s'enfermer avec eux
pour s'en occuper jour et nuit, et en trois
semaines, les guérir de toutes leurs souffrances. La mère avait trouvé ça prodigieux.
Elle s'inquiétait pour sa fille aînée, pour son
avenir, pour sa santé. La petite n'avait rien fait
de sa vie. Elle se gâchait. Elle avait couché
avec un homme marié. Elle avait divorcé. Elle
ne trouvait pas de travail. Elle fumait
trop. Victor Grandier avait écouté la mère
avec beaucoup de bonté et lui avait posé quan-
tité de questions. Puis il lui avait expliqué que
son enfant était en grand danger. La mère
avait tremblé. Elle avait honte du comporte-
ment de sa fille mais elle voulait son bien.
C'était une mère.

Plus d'un an s'était écoulé depuis le début
de la thérapie lorsqu'une amie avait appelé
chez la mère. Quelque chose de grave était
arrivé. On avait aperçu sa fille errer dans
la rue. Elle n'était plus que l'ombre d'elle-
même. Dans son affolement, l'amie avait bre-
douillé des approximations et s'était perdue

en conjectures. C'était une originale que l'on avait toujours mal jugée : on n'avait accordé que peu de crédit à ses paroles. Une nuit pourtant, taraudée par un doute, la mère s'était réveillée le cœur plein d'effroi. Le lendemain, son mari et elle avaient convoqué Victor Grandier et sa femme. Les Grandier avaient endormi leurs suspicions par mille compliments sur leur fille qui « progressait à grands pas ». E. avait allumé un cigare. On avait sorti du vin. La femme de Victor Grandier les avait invités à un concert. La mère était mélomane. Ils avaient accepté.

★

On lui fit cracher son sale secret, deux jours avant la nouvelle année. Pendant dix-huit mois, l'emprise de Victor Grandier lui avait scellé la bouche. Mais rompre le pacte qui la liait à lui la terrorisait plus encore. Elle parla, recroquevillée dans un fauteuil, les mains cachées sous le pull. Le corps était fixe. Seuls les pieds tremblaient. Chaque mot qu'elle arrivait à dire lui déchirait les lèvres.

Le docteur H. l'écouta gravement puis proposa de la voir deux fois par semaine. Elle n'était pas sûre d'avoir envie de se battre. Elle avait lutté trop longtemps. Les médicaments qu'on lui donnait ne changeaient rien. C'est trop tard, je suis bonne à jeter, lui dit-elle.

Le docteur H. lui répondit que ses honoraires étaient nettement plus modestes et qu'il ne lui promettait rien.

Elle accepta de le revoir.

VI

Renaissance

Elle mit des années à ne plus tressaillir au moindre bruit. Des années à ne plus regarder ni sous son lit ni dans son placard avant de se coucher. Des années à ne plus craindre d'être suivie dans la rue. Des années à pouvoir écouter à nouveau un violon.

Pendant longtemps, elle fut incapable de faire confiance à quiconque. Surtout à sa famille.

Libre à nouveau, elle continuait d'être enfermée dans la prison mentale construite par Victor Grandier. A la plupart de ses amis, elle ne dit rien, persuadée qu'ils se moqueraient de sa crédulité et, surtout, que si cette histoire venait à se savoir, Grandier la ferait assassiner par un de ses adeptes. Elle avait gardé un carton de comptes rendus manuscrits mentionnant les sommes versées au thérapeute et le déroulement de chaque séance par le menu. Chacun se débrouillant avec sa honte comme il peut, sa famille ne se sentit pas prête à se lancer dans un procès. Elle se renseigna toute seule auprès d'un avocat. Le cas était compliqué. On pouvait plaider l'abus de faiblesse mais elle s'embarquerait pour des années de procédure dont l'issue était incertaine : elle était restée chez Victor Grandier de sa propre volonté et avait payé la plupart des séances en liquide.

La terreur.
Puis la honte.
Puis la colère.
Puis le chagrin.

Le docteur H. parlait peu. Les séances étaient courtes. Et quand elle lui demandait son avis, il ne lui répondait jamais.

Le temps. Le temps infiniment long qu'il faut pour réapprendre à vivre.

Un matin, il ne fait plus noir. Elle regagne son corps, ahurie. Les cauchemars cessent. Les obsessions diminuent. La tristesse s'apaise. La rage se vide et s'épuise. La plainte se tarit.

Les années défilent.

Alors qu'elle n'attendait plus rien, brusquement, son existence se transforma profondément.

Elle se mit à étudier avec acharnement. On sollicita ses compétences. Elle trouva du travail.

Un soir, un homme prit sa main dans la sienne.

L'hiver suivant, une voix sur son répondeur lui apprit qu'on lui trouvait un certain talent. Elle put renaître au monde.

Elle avait été morte. La vie lui accordait une seconde chance. En peu de temps, elle connut de grands bonheurs. Mais chaque joie qui lui étreignait le cœur venait lui rappeler que si elle n'avait pas été fracassée par Victor Grandier, sans doute n'aurait-elle jamais atterri un jour sur le divan du docteur H. pour y remettre en question toute son existence. Et maintenant, elle était heureuse. Simplement heureuse. Tout ce que Victor Grandier lui avait promis s'était donc finalement réalisé : l'amour ; un travail ;

l'estime des autres ; la reconnaissance. C'était infâme.

Elle se jura qu'on ne l'y reprendrait plus puis tenta de voir le bon côté des choses. On l'avait délestée d'une somme d'argent qui lui aurait fait mener une vie oisive ; le chagrin l'avait rendue plus mûre, moins égoïste, plus humble. Elle finit par trouver bien des avantages à sa situation.

Elle décida avec sa famille de ne vivre que le meilleur. Elle n'oublia pas. Elle pardonna.

Elle se rappela certaines paroles de Victor Grandier. Sans doute avait-il eu une enfance abominable pour n'avoir trouvé d'issue que dans l'accomplissement du Mal. Il ne jouissait que de l'angoisse qu'il suscitait chez l'autre. Se vautrer dans la victimisation, c'était encore rester sous son emprise. Les rares personnes mises dans la confidence voulaient voir l'odieux Grandier châtié. L'ordre même de la culture fait du procès un rituel social cathartique. Son refus de porter plainte suscita une vive incompréhension. Car pour sortir de cette histoire, elle finit par lui pardonner, à lui aussi.

Elle se sentit apaisée.

Elle se souvint de la promesse faite à sa grand-mère.

Elle partit pour le Japon.

Une geisha du quartier de Gion, le visage et la nuque enduits de blanc, ouvrit son ombrelle. Une fine bruine tombait sur Kyōto. Des pierres rondes roulaient sous les pas. Au fond du temple de Kennin-ji, une maison de thé donnait sur le jardin. Elle s'y arrêta. La pièce ne faisait guère plus de six tatamis. La lumière baignait les murs sablés d'une clarté dorée. Accroupie dans un coin, une très vieille femme, les pieds nus, la peau brune, un fichu olive sur la tête, battait au fouet du thé d'un vert phosphorescent.

La main dans la poche de sa veste close sur trois perles blanches, elle regarda le ciel, puis le jardin, puis cette vieille femme, puis à nouveau les fleurs des cerisiers trembler sous le vent, et vit qu'elle était arrivée au bout de sa honte.

Alors, elle laissa partir sa douleur. Elle rangea cette histoire avec les autres qui tannent le cœur et fanent les chairs – l'expérience.

Elle put y songer calmement. Puis, elle n'y songea plus du tout. Et rentra chez elle.

★

Dans l'avion, j'ai raconté ce que fut cette emprise à un ami. Il n'en savait rien. Jusqu'alors, je m'étais tue. Je lui en ai parlé par fragments, avec de pauvres petits mots. On ne peut jamais tout dire.

Le bruit de notre discussion était amorti par celui de l'avion. Il faisait nuit. Des passagers se levaient, une hôtesse passa, des lampes de lecture s'allumaient. Mon ami a sorti de sa sacoche un essai d'un sociologue américain, écrit bien avant ma naissance, *Calmer le jobard*. Je l'ai lu.

C'est là, dans la pénombre, au milieu des gens endormis, que j'ai compris, dans un grand rire plein d'horreur, que tout le chemin que j'avais parcouru mois après mois pour guérir, pour m'en sortir, *pour pardonner,* toutes les solutions morales que je m'étais fabriquées, pour me donner l'illusion d'avoir tout de même gardé un semblant de dignité, – y compris écrire ce livre –, étaient eux aussi inclus dans le dispositif pervers de Victor Grandier.

J'étais un jobard. J'étais la victime heureuse et qui pardonne. Car aucune imposture, aucune manipulation ne réussirait jamais, si dès le départ, celui qui la calcule n'en calcule aussi cette issue-là. Ce n'était que ça. Je n'étais que ça. Je n'avais pas porté plainte, d'abord par peur des représailles, puis par honte de m'être fait avoir, puis pour protéger ma famille de l'opprobre et du scandale, et enfin parce qu'il n'y avait plus du tout de quoi se plaindre : après avoir traversé les Enfers, j'avais finalement la vie dont j'avais toujours rêvé. La position que j'occupais désormais sur l'échiquier social m'avait donc permis de ne plus faire de cette histoire une maladie.

Même quand on croit être le plus lucide sur son compte, on trouve toujours à s'épargner. J'avais tout perdu. Puis j'étais née une seconde fois. Eussé-je dû mourir en cours de route, Victor Grandier s'en serait débrouillé. Nul n'aurait ébruité l'affaire. Pour cacher sa honte, ma famille s'était tue. Et moi, pour vivre, j'avais pardonné. Exactement comme Victor Grandier l'avait calculé. Depuis le début, il avait tout calculé. Car on ne peut pas vaincre un tel être. On peut juste espérer ne pas croiser sa route.

«Lorsque dans son autocritique intensifiée, [le mélancolique] se dépeint comme un homme petit, égoïste, insincère, non autonome, dont tous les efforts ne tendaient qu'à cacher les faiblesses de son être, il pourrait bien, à ce que nous savons, s'être passablement approché de la vérité, et nous nous demandons seulement pourquoi on doit commencer par devenir malade pour être accessible à une certaine vérité. »

Sigmund Freud, *Deuil et Mélancolie.*

«Il n'y a sans doute guère de position dans la vie où ne se mêlent ainsi ceux qui la tiennent à la suite d'un échec et ceux qui l'occupent en vertu d'un succès. En ce sens, les morts sont triés, mais ils ne sont pas isolés, et continuent de marcher parmi les vivants. »

Erving Goffman, *Calmer le jobard.*